俳句の誕生

Kai Hasegawa
長谷川 櫂

筑摩書房

俳句とは何か

ああ、なんて小さいんだ
けさ生まれた
永遠の赤ん坊みたいに

目の前にあるものを言葉で写しとりなさい。そうすれば誰でも俳句ができる。俳句をはじめる人はこれまでそう教えられてきた。いわゆる写生である。しかし一年もすれば、目の前にあるものを言葉で写すだけではロクな俳句ができないことに誰でも気づく。それを訴えると、まだ修練が足りないのだ、そのうち少しずつできるようになると諭《さと》される。

そうしてある人々は俳句をつづけ、またある人々は俳句をやめてゆくのだが、そこに何か決定的な見落としがあるのではないか。『俳句の誕生』はこの素朴な疑問を原点にしている。

正岡子規が明治時代に説いた写生という俳句の方法は対象への凝視、精神の集中を要求する。しかし私の乏しい経験からいえば、俳句ができるのは精神を集中させているときではなく、逆に集中に疲れて、ぽーっとするときである。心が自分を離れて果てしない時空をさまよう。そうしたときに心は言葉と出会い、俳句が誕生する。それは俳句が浮かんでくる、はるか彼方からやってくるという感じである。

俳句を作るには子規が説いた集中ではなく、心を遊ばせること、いわば遊心こそが重大なのだ。芭蕉も蕪村も一茶も、また写生を唱えた子規や虚子自身も、さらに楸邨も龍太も心を遊ばせて俳句を作っていたのではなかったか。なぜならそれこそ古代の柿本人麻呂からつづいてきた詩歌の本道だからである。

写生の極致といわれてきた次のような句も、じつは心が遊んでいるからこそできた句だろう。

白牡丹といふといへども紅ほのか　　高浜虚子
をりとりてはらりとおもきすゝきかな　　飯田蛇笏
滝の上に水現れて落ちにけり　　後藤夜半

白牡丹を前に虚子の心は陶然として揺らいでいる。「いふといへども」は言葉が揺らいでいるようにみえるが、揺らいでいるのは虚子の心なのだ。芒《すすき》を折ったとき、芒の穂の重みに引かれて心がふわりと空中に浮かぶ感じ、これが蛇笏の句の「はらりとおもき」だろう。夜半の句は心が体を離れて空中に舞い上がりながら滝を眺めている。

いずれにしてもこれらの名句は写生の句ではなく遊心の句である。ここから考えると、写生が量産する、眼前のものを言葉で写しただけのガラクタ俳句は写生の努力が足りないのではなく、心が遊んでいないということになるだろう。

人間の心は遊んでいるとき、自分を離れ、言葉におおわれたこの世界を離れて、はるか昔に失われた言葉以前の永遠の世界に遊んでいる。人間が言葉を覚えたことによって失われた永遠の世界。その永遠の世界への脱出の企てが詩であるのなら、集中ではなく遊心こそが詩の母胎であることを認めなければならないだろう。

言葉によって失われた永遠の世界を言葉で探ること。そこに重大な矛盾が潜んでいるのは誰にでもわかる。しかし人間はあえてこの矛盾に挑まなければならない。なぜなら世界は言葉で覆われているからである。そして言葉の覆いを剝《は》がして永遠の世界と出会うには人間は言葉という道具を使うしかないのである。

言葉を剝がす言葉、それこそが詩である。その詩の中で俳句はもっとも短い十七拍の定型詩である。しかも十七拍の内部に「切れ」という深淵を抱えこんでいる。俳句は永遠の世界をおおう言葉を最少の言葉で剝がそうとする恐るべき企てなのだ。

目次

装幀　間村俊一
装画　菅井汲、大岡信《一時間半の遭遇》

俳句の誕生

第一章　転換する主体

1

俳句には俳優と同じ「俳」の字が使われている。これは何を意味しているのだろうか。

手もとにある白川静の『常用字解』で「俳」を引くと、まず「非はすき櫛《ぐし》の形で、両側に同じように細かい歯を刻んだ櫛の形である」と書いてある。漢代に作られた最古の漢字辞典『説文解字』には「非」とは「戯《たわむ》るるなり」と説明してあるという。「それで二人並んで戯れ演じることを俳といい、「たわむれる、たわむれ、おどけ」の意味に用いる」とある。さらに「滑稽な動作をして舞い歌うわざおぎ（役者）を俳優という」、「滑稽を主とする俳諧連歌《はいかいれんが》の第一句（発句《ほっく》）が独立し、五・七・五の十七音節からなる短詩が俳句である」ともある。

俳優が出てきたついでに「優」の字を引いてみると、「憂は喪に服して、頭に喪章をつけた人が哀しんで佇む姿である」。そして「喪に服して哀しむ人の姿を優といい、またその所作《しょさ》（しぐさ）をまねする者を優という。葬儀のとき、死者の家人に代わって神に対して憂え申し所作を演じた者であろう」と重要な指摘がある。そのことにはあらためて立ち返るとして、今は俳優の俳とは喜劇役者であり、優とは悲劇役者であることを確認しておきたい。

要するに「俳」とは戯れ、滑稽のことであり、滑稽な演技や哀しみの演技をする役者が俳優、滑稽な短い詩が俳句ということになるだろう。そして俳優にしても俳句にしても一人ではなく二人で戯れているらしい姿がちらつくことは覚えておきたい。

白川は『常用字解』で「滑稽を主とする俳諧連歌の第一句（発句）が独立し、五・七・五の十七音節からなる短詩が俳句である」と説明しているが、俳句はこの俳諧連歌から「俳」という滑稽のDNAを受け継いだことになる。ではここにいう「滑稽を主とする俳諧連歌」とは何か。

中世（鎌倉、室町時代）、連歌が教養人の間で流行した。この連歌ははじめそれに先立つ王朝（飛鳥、奈良、平安）の和歌の優美を継承した「優美を主とする連歌」だった。そこからやがて「滑稽を主とする俳諧連歌」が生まれる。これを「優美を主とする連歌」に対して「俳諧連歌」、単に「俳諧」とも呼ぶ。

俳諧は江戸時代に入って隆盛をきわめる。江戸の俳諧の立役者は芭蕉だった。その芭蕉があるとき「発句は門人の中予《よ》におとらぬ句する人多し。俳諧においては老翁が骨髄」（『宇陀法師』）といった。現代語に訳すると、発句（現在の俳句）は弟子の中にも私に劣らない句を詠む人が多いが、俳諧こそは「老翁が骨髄」我こそ第一人者であると自負している。この「俳諧」も俳諧連歌のことである。

その俳諧連歌、俳諧とはどのようなものだったか。明治になって一句からなる「俳句」に対して、連歌や俳諧のように複数の句を連ねるものを「連句」と呼ぶようになった。連句は連ねる句の数に応じて百韻（百句）、世吉《よよし》（四十四句）、歌仙（三十六句）などの形式があったが、江戸時代に流行し、芭蕉が心血を注いだのはどうにか一日で巻ける三十六句の歌仙である。「俳諧において は老翁が骨髄」の「俳諧」もじっさいは歌仙のことだった。

2

では歌仙とはどのようなものか。おおまかにいえば五・七・五の長句と七・七の短句を「連衆《れんじゅう》」と呼ばれる歌仙の参加者たちが交互に三十六句詠み連ねる。それを「歌仙を巻く」という。この三十六句形式の連句を歌仙と呼ぶのは、王朝時代の歌人から三十六人を選んで「三十六歌仙」と呼んだのにちなんでいる。

二枚の懐紙を二つに折って四つのページを作り、それぞれに句を書きつけてゆく。はじめから初折《しょおり》の表（六句）、初折の裏（十二句）、名残の折の表（十二句）、名残の折の裏（六句）。略して初表（表六句）、初裏、名表、名裏という。途中ところどころに花の座、月の座、恋の句がちりばめられる。

説明はここで切り上げて実例を見るほうが早い。さっそく芭蕉の名歌仙でも紹介すべきところだが、それはいずれ眺めることにして、まず最近、巻き上がったばかりの歌仙を見ていただきたい。そのほうが歌仙を身近に感じてもらえると思うからである。

じつは私は前から毎月一回、歌人の岡野弘彦、文芸評論家の三浦雅士と三人で歌仙を巻いている。この「歌仙の会」は一九七〇年（昭和四十五年）、安東次男（詩人）、丸谷才一（小説家）、大岡信（詩人）が集まってはじめた。すでに半世紀近い歴史がある。ここで紹介するのは「花見舟空に――大岡信を送る」という歌仙である。二〇一七年四月五日、「歌仙の会」草創メンバーの最後の一人だった大岡信が亡くなった。その追悼の一巻である。

三十六句すべてを写すと長くなるので、表六句と名残の裏の六句だけにしておきたい（全篇は巻末参照）。これだけでも歌仙の空気はわかっていただけると思う。句の下に記した作者名の乙《おつ》三《さん》は岡野の俳号である。

【初表】

二〇一七年四月五日、大岡信永眠。九日、吉野山にありて

発句　花見舟空に浮べん吉野かな　櫂

脇　春の底なるわれぞさびしき　雅士

第三　かぎろひに憂ひの瞳けぶらせて　乙三

四　鬼の詞《ことば》のひらく深淵　　櫂
五　少年は水辺の月の裏に棲み　　雅
六　暗き夜明けの霧に笛吹く　　乙

（この間、初裏、名表の二十四句は省略）

【名裏】

初句　富士の山夜ごと夢みるパリに来て　　乙
二　セザンヌの絵を一枚選ぶ　　雅
三　歌ひつつ海の底ゆく電話線　　櫂
四　沖めざしゆくてふてふの群　　乙
五　硝子戸に映る桜花に抱かれて　　雅
挙句　永眠といふ春のうたたね　　櫂

歌仙の細かな約束事やここに出てくる言葉の解説は省くが、発句から挙句まで一句ごとに（つまり詠み手が代わるごとに）場面が次々に変わってゆくのがわかるだろう。

表六句の最初の三句をみれば、発句（第一句）は隅田川に浮かんでいるような花見舟をこの吉

野山の空に浮かべたい。その空の花見舟から眺める吉野山の桜は地上からの眺めよりはるかにすばらしいだろう。これこそ吉野の花見だという句である。これに「大岡信永眠」という前書が働けば、大岡を送るには空から俯瞰《ふかん》するこの豪勢な吉野の花見がふさわしいというもう一つの意味が加わる。

これに付けた脇（第二句）は大岡が他界して残された「われ」の悲しい思いである。春のどん底にいるようだというのだ。

つづく第三（第三句）は何かを悲しむ人の姿である。前句の「われ」でもあるが、別の誰かに変じる可能性を秘めている。

このように歌仙では前の句につづけて句を詠むことを「付ける」という。しかしじっさいに自分でやってみるとすぐわかることだが、前句にそのままつづけたのでは歌仙はすぐ停滞してしまう。これが「付きすぎ」であり、歌仙でもっとも嫌うものだ。「付ける」とはいっても、むしろ前句と「間」をとって「離す」こと、つまり転換が大事なのだ。

3

歌仙では一句ごとに描かれる場面が変わる。しかし歌仙で起きていることはそれだけではない。じつは場面とともに句を詠む主体が次々に変わってゆく。むしろ句を詠む主体が変わることで場面も変わってゆくのだ。つまり主体の転換こそが歌仙を進めてゆく原動力であり、場面の展開はそれに伴って起こる付随的な変化にすぎない。

これを歌仙の連衆の側に立ってみれば、連衆は自分の番が来るたびに前句の主体でもなく自分自身でもない別の誰か、新たな主体に成り代わるということである。だからこそ前句との間に十分な「間」をとって句を付けることができる。もし別の誰かになることができなければ付きすぎとなり、付きすぎの句がつづけば歌仙は進まず、たちまち座礁してしまうことになる。

ではこの歌仙「花見舟空に——大岡信を送る」ではどのように句の主体が動いているか。発句の主体は一句の中でも変化している。まず吉野山の花見客＝私である。この花見客は空を仰いで空に浮かぶ花見舟を想像する。そして次の瞬間、発句の主体は空から花の吉野山を俯瞰する花見舟の客へと移行する。それは花見舟に乗って天へ向かう大岡でもある。

同じように表六句と名残の裏の主体の変化を書き出してみると、

【初表】

発句　吉野山の花見客＝私→花見舟の客＝大岡の魂

脇　大岡の死を嘆く「われ」

第三　何か憂える人

四　少年の大岡（「鬼の詞」は大岡の少年時代の詩歌の同人誌）
五　大岡の詩の中の少年（大岡の詩「水底吹笛《すいていすいてき》」の主体）
六　水辺の月の裏の少年

【名裏】

初句　パリの大岡
二　絵を選ぶ人
三　海底電話線（「歌う電話線」は大岡の詩「地名論」の「水道管はうたえよ」のパロディ）
四　海を飛ぶ蝶（空をゆく花見舟の客＝大岡の変身）
五　大岡の遺体（その外観、桜の映るガラス戸の奥に棺がある）
挙句　大岡の遺体（その思い）

このように一句ごとに句の中の主体が次々に少しずつ、あるいは大胆に変わる。三十六全句について句の主体を書き出せば、歌仙全篇にわたって同じ現象が起きていることがわかるだろう。歌仙は三十六句全体で一篇の詩に相当する。しかし一人の詩人が作る一篇の詩の中でこうも頻繁に主体が入れ替わることはない。ふつうの詩では起きえない現象が歌仙で起きているということになる。

これを歌仙の連衆一人一人についてみると、さらに不思議な事態が浮かび上がる。同じく表六句と名残の裏についてみると、

櫂
【初表】吉野山の花見客＝私→花見舟の客＝大岡の魂（発句）→少年の大岡（四）
【名裏】海底電話線（三）→大岡の遺体（挙句）
雅士
【初表】大岡の死を嘆く「われ」（脇）→大岡の詩の中の少年（五）
【名裏】絵を選ぶ人（二）→大岡の遺体（五）
乙三
【初表】何か憂える人（第三）→水辺の月の裏の少年（六）
【名裏】パリの大岡（初句）→海を飛ぶ蝶（四）

これはあるときは吉野の花見客だった人＝私が、あるときは大岡の魂となり、少年の大岡になり、海底電話線になり、大岡の遺体（つまり死者！）になって句を詠んでいるということだ。歌仙三十六句を三人で巻けば、一人の連衆は十二句詠む。とすれば一巻の歌仙の中で一人の連衆は十二回、主体を乗り換え、その主体になって句を詠むことになる。

当然のことだが、一人の連衆の句の十二の主体の多くは連衆その人ではない。ここで引いた十二句のうち連衆その人が主体なのは発句（吉野山の花見客＝櫂）と脇（大岡の死を嘆く「われ」＝雅士）だけである。

それは何を意味しているか。歌仙の連衆は句を付けるたびに自分を離れ、自分ではない別の主体になるということだ。

歌仙一巻を監督する捌《さば》き（捌き手）にはさらに大変なことが起きている。捌きは連衆の一人であるとともに同時に歌仙全体を高みから俯瞰する役目を負う。歌仙がオーケストラなら、捌きはその指揮者である。このため、捌きはほかの連衆の主体の転換も自分のこととして引き受けなければならない。つまり捌きは歌仙三十六句を巻くごとに主体の転換を三十六回、経験することになる。

4

歌仙をもう一巻、三百年前に芭蕉と弟子たちが巻いた歌仙をみておきたい。そこでもこれと同じことが起きていたのだろうか。

歌仙「市中《いちなか》の巻」（俳諧選集『猿蓑』所収、全篇は巻末参照）は『おくのほそ道』の旅を終えた芭蕉が去来、凡兆という二人の若い弟子と巻いた一巻である。元禄三年（一六九〇年）夏、場

所は京の凡兆宅である。発句は凡兆の、

市中は物のにほひや夏の月　凡兆

蒸し暑い夏の夜、我が家のある京のこのあたりはいろんな暮らしの匂いが満ちているが、空には涼しげな月が上ってきた。この夏の月は凡兆宅に訪れた芭蕉の隠喩である。こんなむさ苦しいところへ、よくお出でくださいましたと師匠を迎えているのだ。この句の主体はいうまでもなく凡兆その人である。

この「市中の巻」の初裏六、七句目は去来と凡兆の恋の付け合いである。その前の芭蕉の句から引くと、

【初裏】

五　魚《うお》の骨しはぶる迄の老《おい》を見て　芭蕉

六　待人入《いれ》し小《こ》御《み》門《かど》の鎰《かぎ》　去来

七　立《たち》かゝり屏風を倒す女子《おなこ》共《ども》　凡兆

五句目（芭蕉）は歯が抜け落ちて魚の骨をざぶざぶとしゃぶる老人の嘆き。主体は老人。

六句目（去来）は高貴な女主の待ち人を小門から迎え入れようと鎰（鍵）を取り出す門番の老人。主体は門番の老人。この老人は前句の老人の変容。この句は『源氏物語』の「末摘花」のある場面のパロディである。そこでは女主（末摘花）と一夜を過ごした男（光源氏）が屋敷を去るとき、門番の老人が門を開けてやる場面が描かれる。去来はそれを待ち人（光源氏）を迎え入れる場面に変えている。

七句目（凡兆）は女主人の待ち人を一目見ようと屏風のかげに押し寄せて覗く召使の女たち。なんと屏風を押し倒してしまった。主体は召使の女たちである。

ここでは老人↓門番の老人↓召使の女たちへと、一句ごとに主体が入れ替わっていることがわかる。

さらに「市中の巻」の名残の表から裏にかけて展開される恋の掛け合いもみておこう。

【名表】

十一　草庵に暫く居ては打やぶり　　芭蕉

十二　いのち嬉しき撰《せん》集《じゆう》のさた　　去来

【名裏】

初句　さま〲に品かはりたる恋をして　　凡兆

二　浮世の果《はて》は皆小町《こまち》なり　　芭蕉

名表十一句目（芭蕉）、世を捨てただけでは足りず、仮の宿である草庵さえ次々に住み捨てる世捨て人の面影。主体は世捨て人。

名表十二句目（去来）、世を捨てたとはいうものの自分の歌が勅撰和歌集に選ばれれば無上に嬉しい。これは西行の面影だろう。主体は西行らしき人。

名裏の初句（凡兆）、その世を捨てた歌詠みは若いころはたいへんなプレイボーイで、いろんな女と浮名を流した。こちらは在原業平を面影にしている。主体は業平らしき人。

名裏の二句目（芭蕉）、絶世の美女と謳われ、恋に明け暮れても最後は小野小町のような老残の身となり、さすらうのだ。前の三句はどれも世捨て人、西行、業平の面影だったが、芭蕉のこの句は小町その人を登場させる。しかも老残の小町みずから「浮世の果てはみな私のように落ちぶれる」と独白しているかのような迫力がある。恋の掛け合いの果てのとどめの一句である。このとき芭蕉はシャーマンのように老いさらばえた小町を宿し、小町になりきっているのである。主体は小町。

芭蕉たちが巻いた「市中の巻」でもこのように歌仙の句の主体は世捨て人↓西行↓業平↓小町と次々に変わる。三人の連衆はここで世捨て人となり西行となり業平となり小町となって掛け合いを演じている。歌仙とは演劇的な文学なのである。

5

現代の「花見舟空に――大岡信を送る」でも、元禄の「市中の巻」でも付け句の主体は一句ごとに次々に変わる。これをあらためて連衆一人一人の身になってみると、歌仙の連衆は自分の番がめぐってくるごとに別の人物になるということだ。いいかえれば、歌仙の連衆は本来の自分を離れて別の人物になる。歌仙を解剖して浮かび上がるこの実態はなかなか衝撃的である。

　句の主体が一句ごとに変わるのであれば、歌仙はたちまちバラバラとなって解体してしまわないか、そうでなくてもバラバラの句の寄せ集めに成り果てはしないかという心配が起こる。そこで歌仙が無秩序に陥らないように三十六句一巻の高みから歌仙の進行を俯瞰するのが歌仙の捌き、捌き手の役目である。「市中の巻」にかぎらず、芭蕉一門の歌仙では芭蕉その人が捌きを務めている。岡野、三浦との歌仙では私が務めている。

　さて歌仙の連衆は自分の番が来るたびに本来の自分を離れて別の人物になる。このことはある重大な問題を呼び起こす。

三十六句の歌仙をはじめ連句を「座の文学」と呼んだのは俳文学者の尾形仂《つとむ》である（『座の文学』一九七三年）。それは詩人が一人で作る西洋の詩に対して、複数の人が集まって作るこの国の連句の特色を指摘したものだった。安東次男らが「歌仙の会」をはじめた三年後のことである。「歌仙の会」の連衆の一人だった大岡信はのちに『うたげと孤心』（一九七八年）を書き、尾形が「座」と呼んだ複数の人で作るという連句の特色が、じつは日本語の詩歌全般にわたる根源的な特色であることを指摘し、それを「孤心」に対して「うたげ」と呼んだ。求心的な「孤心」と祝祭的な「うたげ」の絶え間ない往復が、和歌をはじめ日本語の詩歌を生み出した根源の力であるというのだ。歌仙はその象徴的な実例であることになるだろう。

ここで書いておきたいのはその先の問題である。「座」にしても「うたげ」にしても複数の人がただ集まれば成立するというものではない。集まっただけではただの馴れ合いとなる恐れもある。では尾形や大岡のいう「座」「うたげ」とはどういうものか。創造的な「座」や「うたげ」の中ではいったい何が起こっているのか。

歌仙を巻く人々の間では主体の転換が次々に起こる。すでにみてきたように、この次々に起こる主体の転換が祝祭としての「うたげ」を成り立たせ、晴れやかな歌仙を織り上げる、いわば歌仙の原動力だった。

では主体が入れ替わるとはどういうことなのか。ある一人の連衆についてみれば、彼は付け句を詠むたびに本来の自分を離れて、しばし別の主体に成り替わるということだ。これは一時的な幽体離脱であり、魂が本来の自分を抜け出して、別の主体に宿るということである。そのしばしの間、本来の自分は忘れられ、放心に陥る。平たくいえば、ぽーっとする。いわば「魂抜け」である。

歌仙を巻く場合、じつはこの魂抜けが連衆に繰り返し起こっているということだ。そしてこの集団的な魂抜けを起こさせるものが「座」あるいは「うたげ」と呼ばれる場ではないのか。

この魂抜けは何も歌仙だけで起こるのではない。「座」や「うたげ」と呼ばれる集団制作が日本語の詩歌の特色なら、太古の昔、日本語の詩歌が誕生したときから、この魂抜けが詩人たちに起きてきたと考えなければならない。いいかえれば、少なくとも日本語の場合、魂抜けが詩歌を生み出す源泉であった、そして今も源泉でありつづけているということだろう。

6

「座」や「うたげ」の場で単に集団制作するだけでなく、魂抜けを根源の力とする日本語の詩歌は、この点で欧米の近代詩のまさに正反対に位置する。

欧米の近代詩では一人の詩人が確固たる主体となって詩を創造する。詩人は天才と讃えられ、詩を作ることは孤独な天才の密室での作業、いわば孤心の営みにほかならない。そこには「座」や「うたげ」のような集団制作の場もなければ、選句、選歌も添削もない。主体の、しかも頻繁な入れ替わりなど夢にもありえない。

恋人同士の恋愛詩（日本風にいえば相聞歌）でさえそうである。恋人たちは互いに心の奥の声を一方的につづる。もしそこでどちらかが別の誰かになったりすれば、あるいは別の誰かに呼びかけたりすれば不実の証となるだろう。そこでは日本の和歌の伝統として堂々と営まれてきた相聞歌の代作も、歌仙の連衆による恋の句の掛け合いもありえない。

十九世紀以降、集団制作から生まれる日本の俳句や連句が欧米の詩人たちに衝撃を与え、創作上の刺激を与えたとすれば、その素地はここにあるだろう。

欧米（ユダヤ・キリスト・イスラム教文化圏）の詩も起源にまで遡れば、集団制作と主体の転換があった。欧米の詩人の原型はユダヤ・キリスト・イスラム教の預言者（未来を予知する予言者ではなく、神の言葉を預かる人）であると考えられるが、モーゼやエレミヤのような預言者は啓示（インスピレーション）によって神の言葉を聞き（預かり）、それを人々に伝える人だった。預言者が神から預かり、人々に伝えた神の言葉が欧米の詩の原型である。

預言者が神の啓示に打たれると、魂は預言者を離れて恍惚のうちに放心に陥る。ときには失神する。その一瞬、預言者は神と合体し、神のささやきを聞くのだ。このとき預言者は神に乗っ取られている。

この主体の成り代わりは詩人だけに起こるのではない。詩人の場合、それは心の中で起こるが、誰の目にも見える形でこれが起こるのはじつは役者、俳優である。ある俳優がリチャード三世を演じるとき、彼は芝居のつづく間、俳優である自分自身を忘れて十五世紀のイングランドの極悪非道な王位簒奪者に成りきる。劇場に詰めかけた観客はこの主体の入れ替わりを目の当たりにするのだ。

ある役者がある役を演じるということは監督の指示どおりにするのではなく単に真似るのでもなく、その役に成りきることである。逆に下手な役者とは劇中の人物に成りきることができず、いいかえれば役者である自分のままで口先だけで台詞を口にする役者のことである。

俳優にも俳句にも同じ「俳」の字があるのはなぜか。はじめに投げかけておいた疑問の答えもこれで明らかになるだろう。白川静は『常用字解』で「俳」の字の意味について、それは滑稽であり、戯れであると解説していたが、この滑稽、戯れとはある人が別の誰かに成り代わって演技をし、詩を作ることなのだ。

そこに書かれていた「滑稽な動作をして舞い歌うわざおぎ（役者）を俳優という」、「滑稽を主とする俳諧連歌の第一句（発句）が独立し、五・七・五の十七音節からなる短詩が俳句である」とはそのことにほかならない。

また俳優の「優」の字について「喪に服して哀しむ人の姿を優といい、またその所作（しぐさ）をまねする者を優という」とあるのも同じく成り代わりのことである。「葬儀のとき、死者の家人に代わって神に対して憂え申し所作を演じた者であろう」とあるとおりである。まさに「死者の家人に代わって」、これが「優」の字の意味するところである。

7

大岡信は安東次男、丸谷才一と歌仙を巻きはじめてから二年後（一九七二年、昭和四十七年）、四十一歳のとき、連句に想を得た「連詩」を現代詩人たちと試みはじめた。以来、晩年まで連句（歌仙）とともに連詩は大岡のいう「うたげ」の実践としてつづけられた。やがて連詩を日本の詩人だけでなく海外の詩人たちとも巻くようになった。しかし連句とちがって連詩ははかばかしい成果をあげられなかった。

その原因を探ってみると、連詩に集った内外の詩人たちの多くが自分の番が廻ってくるたびに自分の世界に閉じこもったまま、いいかえれば別の誰かに成り代わることなく詩を作ったからである。つまり連句で起きた主体の転換が連詩では起きなかった。その結果、連詩は詩人たちの独白集となり、連句のような晴れやかな祝祭の「うたげ」にならなかった。

ではなぜ連詩では主体の転換が起こりにくいのか。それは連詩が五・七・五、あるいは七・七という定型をとらず、五行、三行という規則はあるものの自由詩の形をとるからだろう。

五拍、七拍の定型は自分が言いたいと思っていることを言えなくする障壁である。定型を前にすると詩人は自分の言いたいことと定型との調和、折り合いを図らざるをえなくなる。詩人の言いたいと思っていることがそのままでは言えなくなるということである。しかし詩人と定型の折り合いがうまくゆけば、定型の力を得て詩人は自分で言いたいと思っている以上のことを言ってしまうことがある。定型が詩人たちを冴えない現実の自分自身から「うたげ」という晴れやかな祝祭の役者へと押し上げるのだ。それが歌仙の連衆に次々と起こる主体の転換である。

そうしてみると、五・七・五、七・七の定型だけでなく歌仙の三十六句の枠組み、初折の表裏と名残の折の表裏という仕切り、そこにちりばめられる花の座、月の座、恋の句などの歌仙の約束もまた制約とみえてじつは演劇の舞台のように主体転換を促す仕掛けなのではないか。ところがこれが連詩のように自由詩の形だと、自由に自分の思いをつづることができるために詩人たちは自分の番がくるたびに陰々滅々たる独白を繰り返すしかない。

大岡が夢見たとおり連詩を晴れやかな祝祭の「うたげ」にするには、参加する詩人たちは意識して演劇的でなければならないということである。

さて俳句は歌仙の発句が独立して誕生した。白川の『常用字解』には「滑稽を主とする俳諧連歌の第一句（発句）が独立し、五・七・五の十七音節からなる短詩が俳句である」とあった。すでにみてきたとおり歌仙では主体の転換が次々に起こる。歌仙を成り立たせ、はるか昔、日本語の詩歌が生まれたときからその根源の力となってきたのも主体の転換だった。

では歌仙の発句が独立して俳句が誕生したとき、主体の転換はどうなったのか。五・七・五の短い俳句のどこに宿ることになったのか、これを探ってみたい。

第二章　切れの深層

1

古池や蛙《かわず》飛《とび》こむ水のおと　芭蕉

芭蕉の古池の句については、これまで二度、書いた。

最初はこの句の俳諧性について。いいかえると、古池の句はどこがおもしろいのか、あるいは当時の人々にとってどこがおもしろかったのかについて（『俳句の宇宙』、一九八九年）。

次はこの句の「切れ」について。つまり「古池や」の切れ字「や」の働きについて（『古池に蛙は飛びこんだか』二〇〇五年）。

これから書こうとしているのは三度目の古池論だが、その前に過去二度の古池論を振り返っておかなくてはならない。

まず芭蕉が生きた時代について確認しておきたい。芭蕉（一六四四—九四）は江戸時代（一六〇三―一八六八）前半の人である。江戸時代といえば、徳川家康の江戸開府から元号が明治と改まるまでの二百六十五年間、封建体制のもとで人々は同じ考え方で同じ暮らしをつづけていたと思われているのではないか。しかし江戸時代は大きく分けて前半と後半では様相が異なる。

江戸時代前半は一言でいえば古典主義の時代だった。その直前、応仁の乱（一四六七―七七）以降、百三十年も内乱がつづいた。いわゆる戦国時代である。この長い内乱によって王朝（飛鳥、奈良、平安）、中世（鎌倉、室町）の古典文化は破壊され、散逸してしまった。

豊臣秀吉、次いで徳川家康によって太平の時代が訪れたとき、内乱で滅んだ王朝と中世の古典文化復興（ルネサンス）の気運が昂然と湧き起こる。京の都をはじめ荒廃した都市が再興され、廃墟となっていた各地の寺社仏閣が再建された。美術、文学、演劇などの分野も同じだった。

ここで忘れてならないのは当時の人々は王朝、中世の古典文化を昔のとおりに再建しようとしたのではなく、本阿弥光悦も俵屋宗達も人形浄瑠璃や歌舞伎の作者も、古典文化を江戸時代という新しい器の中で再生しようとした、いわば創造的に復興しようとしたという点である。

古典文化の創造的復興に文学の世界で取り組んだのが芭蕉である。文学における王朝、中世の文化遺産といえば、まず『古今和歌集』『新古今和歌集』などの和歌であり、次に『源氏物語』『平家物語』などの物語である。芭蕉もこれらの和歌や物語をそのまま復活させようという時代錯誤は犯さなかった。

ではどうしたのかといえば、俳諧（歌仙）と発句（俳句）という江戸時代の新しい文学の器に古典文学を蘇らせようとした。こうして生まれたのが芭蕉の数々の名句であり、『おくのほそ道』などの紀行文学である。芭蕉の俳句や文章に日本の王朝、中世の古典ばかりか、それを生み出した中国の唐、宋の古典までちりばめられているのは、芭蕉が江戸時代前半の古典主義時代を生きた人だったからである。西行や杜甫を慕うのも芭蕉が古典主義者だったからである。

古池の句について考えるときも、このことを忘れてはならない。

ちなみに江戸時代の後半は前半とどう異なるのか。前半の古典主義の時代の文化の担い手となったのは古典文化に造詣深い知識階級の人々だった。俳句も例外ではない。この時代の俳句は、作者も読者も古典文学を学んだ教養人たちだった。古典文学を知らなければ自分で俳句を作ることはおろか、人の俳句を読むこともできなかった。芭蕉は古典主義を代表する俳人であり、遅れてきた蕪村もそうだった。

ところが江戸時代半ばの第十一代将軍家斉（一七七三—一八四一）の治世、大御所時代（一七八一—一八四一）以降、家斉の贅沢三昧という公共投資によって貨幣経済が都市だけでなく農村にまで浸透し、社会の大衆化が一挙に進んで大衆文化が花開く。その一つが俳句だった。俳句人口は膨れ上がり、この数の増加が俳句に質の変化を迫ることになる。

この時代に入ると、『古今集』や『源氏物語』をはじめ古典文学をまったく知らない圧倒的な数の人々が俳句をするようになった。当然、古典文学を知らなくても作れて読める俳句が求められる。このとき近代大衆俳句の時代が幕を開けようとしていたのである。

江戸時代半ばの大御所時代に出現したこの近代大衆社会が拡大し、変質しながら二十一世紀の現在までつづいている。そして俳句もまた大御所時代に誕生した近代大衆俳句の流れが現在までつづいていることになる。一茶はその源流に位置する俳人であり、一茶を正確にとらえることが現代俳句をとらえる第一の要件になるだろう。これについては、あらためて触れたい。

2

さて古池の句である。

古 池 や 蛙 飛 こ む 水 の お と　　芭蕉

まず古池の句の第一の意義について。この句のどこを芭蕉の時代の人々はおもしろいと思ったのか。いいかえれば、この句の何に俳諧性（おもしろみ）を感じたのか。それは「蛙飛こむ」、蛙が水に飛びこんだことだった。

王朝時代、文学の主流であった和歌では蛙はその声を詠むものと決まっていた。というのは当時の人々が「かはづ」と呼んだのは殿様蛙や赤蛙のように「飛ぶ蛙」ではなく、鳴き声の美しい「鳴く蛙」河鹿《かじか》だったからである。

『方丈記』を書いた鴨長明の歌論書『無名抄《むみようしよう》』にこうある。

世の人の思ひて侍るは、たゞ蛙《かえる》をば皆かはづと云ふぞと思へり。それも違《たが》ひ侍らね共《ども》、かはづと申す蛙は、外《ほか》にはさらに侍らず、只井出の川にのみ侍るなり。色黒きやうにて、いと大きにもあらず。世の常の蛙のやうにあらはに跳《おど》り歩《あり》くこともいとせず、常に水にのみ棲みて、夜更《ふく》る程にかれが鳴きたるは、いみじく心澄み、物哀なる声にてなん侍る。

ここに出てくる「井出」は京と奈良の境の山中。ここを流れる渓流は「井手の玉川」と呼ばれ、「かはづ」河鹿の名所だった。長明の筆がいきいきと描いているとおり、河鹿は山の中の渓流に棲み、夜、あたりが暗くなってから濡れた石に這い上がって鈴を震わせるような声で鳴く。水に入るときも這って入る。決して飛びこんだりしない。飛びこめないのである。

蛙は声を詠むという王朝和歌の伝統は江戸時代に入っても形骸となりながら守られていた。そこで芭蕉が「蛙飛こむ水のおと」と詠んだとき、人々は一句の中に出現した「飛ぶ蛙」に驚いた。その蛙はもはや王朝和歌の「鳴く蛙」河鹿ではなく、その辺で飛び跳ねているふつうの蛙だったからである。

王朝和歌の伝統をそのまま踏襲するのではなく、新しい時代の俳諧の器にふさわしい形に変えて生かす。古池の句は何よりもまず古典批評であり古典批判だった。それが芭蕉にとっての古典復興だった。

白川静によれば、最古の漢字辞典『説文解字』には「非」とは「戯《たわむ》るるなり」とあり、それを受けて白川は「二人並んで戯れ演じることを俳といい、「たわむれる、たわむれ、おどけ」の意味に用いる」（『常用字解』）と書いていた。白川のいう「たわむれ」「おどけ」とは権威に追随するのではなく、権威とは別の位置に立って権威を相対化し、笑うことである。いいかえれば俳句の「俳」とは批評のことなのだ。芭蕉は「蛙飛こむ水のおと」と詠んだとき、古典に対する批評、「俳」の本道に立っていた。

それればかりではない。和歌においては「かはづ」河鹿の声は山吹の花と取り合わせるのが鉄則だった。

かはづ鳴く井出《いで》の山吹散りにけり花のさかりにあはましものを
読人しらず（『古今和歌集』）

この歌では「かはづ鳴く」が「井出」の枕詞のように使われている。「かはづ」の鳴く井出の山吹も散ってしまった。その花ざかりをみたかったなあ、というのだ。「かはづ」の名所、井出は山吹の名所でもあったのだ。新都（京）と旧都（奈良）を行き来する人々の心に「かはづ」と山吹は切っても切れない取り合わせとして焼きつけられた。

古池の句が誕生するさいも、蛙と山吹の取り合わせは一応、選択肢として浮かんだ。そのときのことを芭蕉晩年の弟子、支考が『葛の松原』に書いている。

弥生も名残お《（を）》しき比《ころ》にやありけむ、蛙の水に落《おつ》る音しば〳〵ならねば、言外の風情この筋にうかびて、「蛙飛《とび》こむ水の音」といへる七五は得玉《（給）》へりけり。晋子《しんし》（其角）が傍《かたわら》に侍りて、山吹といふ五文字をかふ《（う）》むらしめむかと、を《（お）》よづけ侍るに、唯《ただ》「古池」とはさだまりぬ。しばらく論ㇾ之《これをろんずるに》、山吹といふ五文字は風流にしてはなやかなれど、古池といふ五文字は質素にして実《じつ》也。実は古今の貫道なればならし。

弥生（旧暦三月）も末のころ、（芭蕉庵に集まって句を案じていると）蛙が水に落ちる（飛びこむ）音がときおりするので先生は風情を感じて、まず「蛙飛こむ水のおと」の七・五を作られた。そこに居合わせた兄弟子の其角（晋子）が「上五は山吹がいいのでは」としゃしゃり出て言ったけれども、ただ古池と決まった。しばらくこれを論じ合ったが、たしかに山吹は風流で「花」があるが、古池のほうが質素で「実」がある。「実」こそが昔も今も詩歌の大道だからだろう。

ここで芭蕉が詠んだ「蛙飛こむ水のおと」に、其角が上五は山吹がいいのではと提案するのも、蛙の声と山吹が取り合わせであるという王朝以来の和歌の伝統に則っていた。いいかえれば、其角は古典の約束にまだ縛られていた。

これに対して芭蕉は山吹を退けて古池を選ぶ。芭蕉がここで山吹を拒んだということは蛙と山吹の取り合わせという和歌の伝統を拒否したことになる。芭蕉はこのとき、俳諧の新しい道に歩み入ろうとしていた。

3

若き日の芭蕉は故郷の伊賀上野で貞門俳諧を学び、江戸に出て談林俳諧に染まった。一六七八年（延宝六年）、談林派の宗匠として独立する。先発の貞門は和歌の優美の伝統から抜けきっていなかったが、新興の談林は大胆に滑稽へ進んでいた。そういう違いはあるものの、貞門も談林も古典を踏まえた言葉遊びである点では同じだった。言葉遊びとは簡単にいえば駄洒落《だじやれ》である。

ところが一六八二年（天和二年）、談林派の中心人物だった宗因が亡くなる。一世を風靡した談林派は原動力を失ってたちまち失速し、空中分解してしまう。宗因の死後、談林派の何人かはそれまでの言葉遊びと異なる新しい道を模索する。その一群のなかに芭蕉がいた。そして宗因の死から四年後の一六八六年（貞享三年）、古池の句を詠むことになる。

古池の句の第二の意義は、まさに「古池や」という上五にある。支考の『葛の松原』に戻ると、芭蕉は蛙が水に落ちる音を聞いて、まず「蛙飛こむ水のおと」と詠んだ。同席した人々が飛ぶ蛙に驚いたことはすでに述べたとおりだ。すると、其角が「山吹や」がいいのではと提案したが、芭蕉は「古池や」と置いた。そんなことが書いてあった。

「蛙の水に落る音しば〳〵ならねば」、つまり句会をしていて蛙が水に飛びこむ音が聞こえたというのだから芭蕉は屋内にいた。ここで大事なことは、「音」という以上、芭蕉は蛙が水に飛びこむ姿を見ていないという点である。蛙が水に飛びこむ音だけを聞いて芭蕉はまず「蛙飛こむ水のおと」と詠み、其角の勧める「山吹や」を退けて「古池や」と置いた。その山吹も古池も芭蕉だけでなく、その場の誰一人見ていない。山吹は其角の提案、古池は芭蕉の想像だった。山吹が其角の理屈の産物であり、古池は芭蕉の心に浮かんだ幻影だった。

芭蕉が心に浮かんだ古池を詠んだということは今まで言葉遊び（駄洒落）にすぎなかった俳諧に、はじめて心の世界を開いたということである。それは芭蕉その人だけでなく俳句という文学にとって画期的な事件だった。

和歌はその発生当初から人の心を詠むものだった。『古今和歌集』（九〇五年）の選者の一人、紀貫之は「仮名序」をこう書き出す。

やまとうたは、人の心を種《たね》として、万《よろず》の言《こと》の葉《は》とぞなれりける。

あらゆる言葉は人の心から生まれる。それが和歌「やまとうた」だ。貫之はこう宣言する。芭蕉の古池の句は俳諧に和歌と同じ心の世界を開いた。それは新興の文学である俳諧が、王朝時代からずっと日本の文学の中心だった和歌とやっと肩を並べることができたということだった。
同時に古池の句は芭蕉の前に果てしない心の世界を開いた。それは宗因の死後、芭蕉が求めつづけていた俳諧の新しい道を暗示するものだった。これがのちに「蕉風開眼」と呼ばれることになる。蕉風とは言葉遊びではなく心の世界を詠むことにほかならない。古池の句は俳句における心の発見だった。

古池の句（一六八六年）を詠んでからその死（一六九四年）にいたるまでの八年間、芭蕉は心の世界の旅をつづけることになる。芭蕉の句を年代ごとにみると、古池の句以前に心を詠んだ句はほぼ皆無であり、逆に古池の句以後は心の世界が次々に詠まれる。

宗因の死によって談林派が解体したとき、新たな道を模索しはじめたのは芭蕉だけではなかった。しかし心の世界にたどり着いたのは芭蕉だけだった。蕉門つまり芭蕉派は芭蕉が亡くなるときも、それほど大きな集団ではなかったが、後世、芭蕉一人が俳句の大成者と讃えられるのはこのためである。

ここまでは『古池に蛙は飛びこんだか』に書いたことである。ここでの新たな問題は「古池や」と置いたとき、芭蕉にいったい何が起こっていたかということである。

4

もう一度、支考の『葛の松原』に戻る。そこにはこう書いてあった。「晋子が傍に侍りて、山吹といふ五文字をかふむらしめむかと、をよづけ侍るに、唯「古池」とはさだまりぬ」。ここから容易に想像されることは、「蛙飛こむ水のおと」と詠んでから「古池や」と置くまで芭蕉はしばし思いをめぐらせたということである。芭蕉は「蛙飛こむ水のおと」にふさわしい上五は何がいいか案じた。支考の文の「をよづけ侍るに」と「唯「古池」とはさだまりぬ」との間に空白の時間が流れたということだ。

はたして何分か、あるいは何秒だったか、その間、其角が山吹ではと提案する。其角は芭蕉のすぐ近くにいたかもしれないが、その声は其角の姿とは別のどこか遠くから聞こえてくるかのようだった。

このとき芭蕉に何が起こっていたのか。其角が山吹を提案したとき、芭蕉の想像力は現実の自分を離れて心の世界に遊んでいたのだ。別の言い方をすれば、芭蕉はいま得た「蛙飛こむ水のおと」に集中した。そしてやがて空白の放心状態に入ったということだ。

集中とそれがもたらした放心。これが「しばし思いをめぐらせた」ということである。そして芭蕉が心の世界で探り出したのが「古池や」という上五だった。芭蕉は現実の自分を離れて心の世界に遊んでいた。いいかえれば、このとき現実の芭蕉から心の世界の芭蕉へ、主体が入れ替わっていたということだろう。

前章でみたとおり芭蕉が「老翁が骨髄」と自負した俳諧（歌仙）では一句ごとに主体が入れ替

わる。この主体の転換が場面の転換をもたらし、歌仙を前へ進め、歌仙を晴れやかな「うたげ」の文学として成り立たせていた。そこで例に挙げた「市中の巻」は古池の句の四年後に巻かれた歌仙だが、ここでは名残の裏の初句からみてみよう。

初句　さま〴〵に品かはりたる恋をして　凡兆
二　浮世の果は皆小町なり　芭蕉
三　なに故ぞ粥すゝるにも涙ぐみ　去来

凡兆の初句は恋に憂き身をやつす在原業平。芭蕉の二句目は老残の小野小町。そして去来の三句目は主人（前句の老残の小町）に粥を勧める侍女のようである。芭蕉の小町の句は轟きながら垂直に流れ下る滝のような一句。それを受ける去来の句は滝が滝壺に流れ落ち、そこから水平にまた流れはじめる水のような一句である。

このように歌仙で次々に起こる主体の転換を、古池の句は一句の内部に取りこんでいる。現実の芭蕉から心の世界の芭蕉へ。古池の句を詠むときに起こった主体の転換こそが歌仙のもつ切れと「間」を発句に集約させ、やがて発句が歌仙から独立して俳句となる契機となったのだろう。

5

古池の句の主体の転換、これを句の構造から眺めるとどうなるか。

古池や蛙飛こむ水のおと

歌仙の場合、主体の転換は連衆が新たに句を付けるたびに起こった。それに対して一句の中での主体の転換は「切れ」によってもたらされる。

古池の句は「古池や」で切れる。その切れをもたらしているのは切れ字の「や」である。「古池や」といえば、そこに切れが生じ、そのあとに「間」が水の波紋のように広がる。「間」とは空間でいえば余白、時間でいえば沈黙である。

この句の「間」は芭蕉が「蛙飛こむ水のおと」と詠んでから「古池や」を見出すまでに流れた空白の時間の反映である。この間、芭蕉はぽーっとたたずんでいた。この空白の時間のうちに現実の芭蕉から心の世界の芭蕉へ、主体の転換が起こったということになる。

では切れとは何か。俳句の切れが切るものは何なのか。切れは表面上は言葉を切るのだが、そのじつ言葉のもつ論理を切断する。言葉は本来、理屈っぽい。放っておけば水に浮かぶ花びらが互いに寄り合うように、言葉は論理の引力によって別の言葉と自動的につながろうとする。そうして理屈で組み上がるのが日常いたるところで読まされる文章、散文である。

俳句の切れはこの理屈による散文的な言葉のつながりを断ち切ろうとするのだ。そして散文が語る以上の何か、散文では決して語れない別の何かを取りこもうとする。言葉の論理を拒絶し、超越すること、これが俳句の切れの働きである。

それは歌仙の句と句の間に宿っていた空白の時空「間」と同じものである。歌仙の場合、一句ごとに詠み手が交代し、主体が入れ替わることによって言葉の論理が次々に切断される。その結果、句と句の間に「間」が生まれる。

発句とは歌仙の句と句の「間」、そこで起こる主体の転換を一句の内部にとりこんだものなのだ。歌仙の句と句の「間」で主体の転換が起き、それが歌仙を晴れやかな祝祭の文学として成り立たせていた。それと同じように発句では切れがもたらす「間」のうちに主体の転換が起き、それが発句に歌仙から独立して俳句となる力を与えたのである。

俳句の切れとそこに生まれる「間」は言葉の論理を切断する。つまり切れとは言葉の論理の拒絶であり、超越である。ここからいくつかのことが明らかになる。

俳句は理屈を嫌う。俳句は理屈の対極にあるからである。「この句はただの理屈です」といえば、最低の部類の句であるとけなしているのだ。芭蕉が古池の句を案じたとき、其角が山吹がいいのではないかと提案したが、芭蕉はそうしなかった。その理由もこれでわかるだろう。仮に山吹を上五にすえればこうなる。

山吹や蛙飛こむ水のおと

其角は王朝以来、和歌の伝統として蛙と山吹が取り合わせであることを十分承知していて、山吹を提案したのだが、芭蕉にとってはそこがすでに理屈なのだ。たしかに「山吹や」とすれば切れ字の「や」によってここで切れるかのようにみえる。しかし、それは形だけのことで一皮むけば山吹と蛙は和歌の伝統という理屈でがんじがらめにつながっている。つまり山吹と「蛙飛こむ水のおと」は同じ次元にある。

これに対して「古池や」とすると、古池と「蛙飛こむ水のおと」は理屈では結べない。蛙も水の音も現実の世界に属しているが、古池は想像の力で心の世界に浮かんでいるからである。この二つ、「蛙飛こむ水のおと」と古池は次元が異なっていて、この二つから言葉の無限の交響が広がる。しかし、その交響は言葉で説明できない。言葉でできているのに言葉で説明できないもの、これこそが俳句であり、俳句のめざすところなのだ。

6

歌仙のいくつかの約束事もこれで納得がゆくはずだ。

約束の一つは発句には「や」「かな」「けり」などの切れ字を入れること。切れ字のない発句は発句でないということだ。切れ字は切れを作る言葉だが、これがないと「間」が生まれず、主体の転換の起こりようがないからである。

市中は物のにほひや夏の月　凡兆
木のもとに汁も膾《なます》も桜かな　芭蕉
灰汁《あく》桶《おけ》の雫《しずく》やみけりきりぎりす　凡兆

どれも芭蕉が巻いた歌仙の発句である。三句にはみな「や」「かな」「けり」の切れ字がある。反対に発句以外のいわゆる平句には切れ字を入れてはいけないという約束もある。脇（第二句）以下の平句はすでに前後の句との間に切れがあり「間」があるので、そのうえ切れ字を入れれば、複雑になりすぎるからである。「市中の巻」の名残の裏にまた戻ると、

初句　さまぐに品かはりたる恋をして　凡兆
二　浮世の果は皆小町なり　芭蕉
三　なに故ぞ粥すゝるにも涙ぐみ　去来

前の二句は凡兆と芭蕉、業平と小町の切迫した掛け合いである。勢い余って二句目、芭蕉の句の「なり」は断定の強い切れ字なので、歌仙はここで急停止しそうになる。それを救って、ふたたびゆるやかに歌仙を流しはじめるのが去来の句なのだ。

さて古池の句は現実の「蛙飛こむ水のおと」と心の世界の古池という異次元の「取り合わせ」だった。取り合わせを式で表わせば〈a＋b〉となる。この「＋」が切れであり、そこに「間」が潜んでいる。

しかし発句（俳句）にはこのように二つの異なるものを合わせるだけでなく、一つのことを詠む「一物仕立て」もある。芭蕉の句でいえば、

秋深き隣は何をする人ぞ　芭蕉

このような一物仕立ての句は式にすれば〈a＝b〉となる。一物仕立てには取り合わせのような句の内部の切れ「＋」がない。

では一句の中に切れのない一物仕立ての発句では「間」はどのようにして内在化されたのか。そして主体の転換はどこで起こるのか。

第三章　空白の時空

1

十年前、『「奥の細道」をよむ』（二〇〇七年）を書いた。新宿でこれを教科書にしている講座があって、あるとき一人の受講者が「俳句の上下にある／は何か」と質問した。たとえば『おくのほそ道』の最初の芭蕉の句はこうなっている。

／草の戸も住替《すみかわ》る代《よ》ぞ／ひなの家／

「草の戸も住替る代ぞ」のあとの／の意味はすぐわかる。古池の句が「古池や」のあとで切れるように、この句は「住替る代ぞ」のあとで切れる、その切れの位置を示している。このやり方でゆけば、古池の句はこうなる。

／古池や／蛙飛こむ水のおと／

「古池や」のあとの／は、ここに切れ字「や」の生み出す切れがあることを表わしている。切れは言葉を切り、言葉を切ればそこに「間」が生まれる。古池の句の場合、「間」とは作者である芭蕉の意識が自分を離れて空白をさまよった時間空間である。その空白の時空の中で芭蕉は別の新たな自分を見出した。つまり主体の転換が起こった。

この句に即していえば、こうなる。ある年の晩春の芭蕉庵、つまり現実の世界にいて「蛙飛こむ水のおと」を聞いた芭蕉は、しばし空白の時空をさまよい、心の世界に浮かぶ古池にたどり着いた。古池を発見したといってもいい。

同じように草の戸の句でも「住替る代ぞ」のあとに切れ字「ぞ」のもたらす切れがあり、「間」が生まれ、そこで主体の転換が起こる。

この句は『おくのほそ道』の冒頭、芭蕉が深川の芭蕉庵（三年前、古池の句を詠んだ草庵）を人に譲って、旅の準備をする場面に置かれている。それが「草の戸も住替る代ぞ」であり、住み慣れたこの草庵もいよいよ人に譲ることになった、代替わりするときが来たというのだ。

そこで芭蕉の意識は現実の世界をふっと離れ、想像の世界に遊ぶ。そして草庵の新しい住人は独り身の私と違って妻も娘もある人のようだから、この草庵にもやがてお雛様が飾られると想像しているのだ。それが「ひなの家」である。つまり「ひなの家」は古池の句の古池と同じように芭蕉の心の世界に浮かんでいる。

このように草の戸の句でも切れと「間」のありか、そこで起こる主体の転換を表わしているのが、「住替る代ぞ」のあとの／である。

では句の前後の／は何か。これが質問者が疑問に思ったところである。結論からいえば、誰も気づかないが、じつは俳句の前後にも切れがある。そして、そこにも「間」があり、主体の転換が起こっている。句の前後の／はそれを表わしている。

次の句をみて欲しい。『おくのほそ道』の那須野の場面。ここでお供の曾良はこんな句を読む。

かさねとは八重撫子《なでしこ》の名成べし　曾良

「かさね」という名は八重撫子の名前にちがいないというのだ。この句は曾良が「かさね」という名を聞いて、十二単を連想し、そこから王朝時代にぽーっと心を遊ばせている句である。ここで曾良は「かさね」という言葉に反応しているのであって、その娘が八重撫子のようであるかどうかは問題ではない。この句にも／を入れると、こうなる。

／かさねとは八重撫子の名成べし／

古池や草の戸の句には一句の途中に切れ／があった。どちらも取り合わせ〈a＋b〉の句なので、aとbの間に切れがあるからである。ところが「かさね」の句の途中には／が入れられない。この句が一物仕立て〈a＝b〉だからである。「かさね」＝「八重撫子の名」となる。

しかし「かさね」のような一物仕立ての句でも一句の前後で必ず切れる。だから「かさね」の句の前後に／が入る。つまり句の前後に「間」があり、主体の転換が起こっているからである。取り合わせでも一物仕立てでも同じように句の前後の切れで主体の転換が起こるのだ。

2

まず草の戸の句からみよう。『おくのほそ道』のこの部分は次のとおりである。

月日は百代の過客にして、行かふ年も又旅人也。舟の上に生涯をうかべ、馬の口とらえて老をむかふる物は、日々旅にして、旅を栖《すみか》とす。古人も多く旅に死せるあり。予も、いづれの年よりか、片雲の風にさそはれて、漂泊の思ひやまず、海浜にさすらへ、去年《こぞ》の秋、江上の破屋に蜘《くも》の古巣をはらひて、やゝ年も暮、春立る霞の空に、白川の関こえんと、そゞろ神の物につきて心をくるはせ、道祖神のまねきにあひて取もの手につかず、もゝ引の破をつゞり、笠の緒付かえて、三里に灸すゆるより、松島の月先《まず》心にかゝりて、住る方は人に譲り、

杉風が別墅《べっしょ》に移るに、

草の戸も住替る代ぞひなの家

面八句を庵の柱に懸置。

草の戸の句は「月日は百代の過客にして、行かふ年も又旅人也」とはじまる地の文の途中に置かれている。地の文は「住る方は人に譲り、杉風が別墅に移るに」でいったん終わると、草の戸の句があってまた地の文「面八句を庵の柱に懸置」に戻る。文章（散文）の間に俳句（韻文、詩歌）が挟んである。

言葉とは本来、理屈っぽいものである。言葉はその本性から自然、ほかの言葉と論理の糸でつながろうとする。こうして組み立てられるのが散文である。『おくのほそ道』の地の文もこの散文である。

これに対して俳句は論理の対極にある直観によって誕生する。韻文つまり詩歌は散文の論理の糸を直観という刃で断ち切って生まれる。もっとも短い俳句はなおさらである。なぜならば十七拍しかない俳句は言葉の論理の糸が詩や短歌より短いからである。つまり『おくのほそ道』は地の文も俳句も同じ言葉でつづってあるが、地の文と俳句は言葉の次元が違うのだ。

これを『おくのほそ道』の作者、芭蕉の立場から眺めると、どうなるか。芭蕉はまず論理の頭で地の文をつづる。それをいったんやめて、こんどは直観で詠んだ俳句を書く。書き終えたら、ふたたび論理の頭に戻って地の文を書きはじめた、ということだろう。

いいかえると、「杉風が別墅に移るに」という地の文の終わりに切れがあり、この切れが生む「間」のうちに文章家の芭蕉は俳諧師の芭蕉になった。同じように草の戸の句のあとにも切れがあって、その「間」のうちに今度は俳諧師の芭蕉が文章家の芭蕉に戻った。つまり草の戸の句の前後の切れと「間」で主体の転換が起こっているのだ。

さらに芭蕉の身に即していえば、芭蕉は「杉風が別墅に移るに」まで書いたところで、いったん地の文の筆を止めた。そこで芭蕉の心はしばらく空白の時空をさまよった。その空白の時空で「草の戸も住替る代ぞ」、さて次に何を置くか、案じているうちに雛人形の飾られた草の戸の幻を見たということだろう。そして白日の夢から覚めるように、ふたたびもとの芭蕉に戻って「面八句を庵の柱に懸置」と書き留めた。

草の戸の句を案じているしばしの間、芭蕉の心は芭蕉を離れ、ぽーっとしたということだ。これが俳句の生まれる時空である。それは芭蕉がぽーっとした束の間に出現した空白の時空であり、散文の論理の立ち入れない詩歌の時空でもある。

このように草の戸の句の前後の／は地の文と俳句との、いわば結界である。文章家の芭蕉から俳諧師の芭蕉へと主体が入れ替わった瞬間、芭蕉の心が遊んだ空白の時空を表わしている。

これと同じことが曾良の句でも起こった。曾良が「かさね」の句を詠んだ那須野のくだりをみてみよう。

那須の黒ばねと云所に知人あれば、是より野越にかゝりて、直道《すぐみち》をゆかんとす。遥に一村を見かけて行に、雨降日暮《くる》る。農夫の家に一夜をかりて、明《あけく》れば又野中を行。そこに野飼の馬あり。草刈をのこになげきよれば、野夫《やぶ》といへどもさすがに情しらぬには非ず。「いかゞすべきや、されども此野は縦横にわかれて、うゐ〳〵敷旅人の道ふみたがえん、あやしう侍れば、此馬のとゞまる所にて馬を返し給へ」と、かし侍ぬ。ちひさき者ふたり、馬の跡したひてはしる。独は小娘にて、名を「かさね」と云。聞なれぬ名のやさしかりければ、

かさねとは八重撫子の名成べし　曾良

頓《やが》て人里に至れば、あたひを鞍つぼに結付て馬を返しぬ。

曾良の「かさね」の句も地の文にはさまれている。そしてここでもまた芭蕉の草の戸の句と同じように句の前後に切れがある。この切れによって「間」が生まれ、ここで主体の転換が起こるのだ。ただここでは地の文の主体は芭蕉であり、俳句の主体は曾良である。

その結果、次のようになる。地の文を書いてきた芭蕉は「聞なれぬ名のやさしかりければ」で筆を止める。その空白の時空で文章家の芭蕉の心は空白の時空に遊ぶうちに俳諧師の曾良になり変わって「かさね」の句を書き留める。やがてふたたび文章家の芭蕉に戻ると「頓て人里に至れば」と書きはじめる。

「かさね」の句の前後の／は、そこにある切れ、切れが生む「間」、その「間」で起こる主体の転換を表わしている。

歌仙の発句が独立して俳句となるには、歌仙の付け句同士の間で起こる主体の転換を発句にとりこむ必要があった。取り合わせの句の場合、一句の中に切れがあって「間」が生まれ、そこで主体の転換が起こる。一方、一物仕立ての句では句の前後の切れによって主体の転換が起こる。いいかえれば一句丸ごと、主体が転換する。これが一物仕立ての発句でも、俳句として独立できた理由だろう。

3

地の文と詩歌の結界で主体の転換が起こるのは『おくのほそ道』だけではない。その源はおそらく詩歌の発生までさかのぼれるはずだが、その途中、王朝時代の歌物語でも同じことが起こった。次は『伊勢物語』の最初の「初冠《ういかぶり》」の段。必要なところに現代語訳を施す。

むかし、男、初冠（元服）して、奈良の京春日《きょうかすが》の里に、しるよしして（領地があって）、狩《かり》にいにけり。その里に、いとなまめいたる女はらから（なんとも麗しい姉妹）すみけり。この男かいまみてけり。思ほえず、ふる里にいとはしたなくてありければ（さびれた旧都にはありえぬほど美しかったので）、心地まどひにけり。男の、着たりける狩衣《かりぎぬ》の裾《すそ》をきりて、歌を書きてやる。その男、信夫摺《しのぶずり》の狩衣をなむ着たりける。

春日野《かすがの》の若むらさきのすりごろもしのぶの乱れかぎりしられず

となむおひつきていひやりける（たちどころに歌を詠んでやったのだ）。ついで（そんなことが）おもしろきことともや思ひけむ。

みちのくのしのぶもぢずりたれゆゑに乱れそめにしわれならなくに

といふ歌の心ばへなり（歌に習ったのである）。昔人は、かくいちはやきみやび（熱烈な恋の作法）をなむしける。

『伊勢物語』は在原業平の一代記と思われている。もしそうなら業平の生涯の物語がまず散文でつづられて、それぞれの場面に業平自身の歌がちりばめられるだろう。しかし『伊勢物語』の構成はそうなっていないし、そこから想像されるのは『伊勢物語』は業平の一代記ではないということである。

はじめにさまざまな歌があった。業平の歌だけではない。「初冠」の段に出てくる歌をみると、一首目は作者不明の歌（『古今六帖』）であり、二首目は「百人一首」にもとられた源融の歌（『古今和歌集』）である。どちらも業平の歌ではない。

のちに編集の能力をもつある人物がそれぞれの歌がもっともよく生きる場面を想定し、地の文を書き、構成した。それが歌物語『伊勢物語』だろう。「歌物語」の名称のとおり、はじめに歌があり、次いで物語がつづられた。物語があって歌が書かれたのではない。そこにどことなく業平の面影が漂うということだろう。

さて『伊勢物語』でも『おくのほそ道』と同じ主体の転換が起こる。「むかし、男、初冠して」とはじまった地の文は「その男、信夫摺の狩衣をなむ着たりける」でいったん止まる。ここに切れが生まれ、「間」が生まれて、ここで主体が地の文を書いた『伊勢物語』の編集者から誰とも知れぬ春日野の歌の作者へ転換する。そして、ふたたび切れがあり「間」があって、主体は編集者にもどる。

後段「ついでおもしろきことともや思ひけむ」以下は前段の解説であり、源融の歌はその解説文に織りこまれているので、前段の歌ほど地の文との落差はないが、ここでも基本的に前段と同じことが起きている。

では俳句や和歌を生み出す地の文とは何か。地の文とは現実の世界の延長、あるいは現実そのものである。すでにみてきたとおり地の文は言葉の論理でつづられている。そして現実の世界も言葉の論理によって成り立っている。

一方、『おくのほそ道』でも『伊勢物語』でも、俳句や和歌は地の文から切れて成立している。詩歌が地の文から切れているということは、同時に詩歌が現実から切れているということだ。『おくのほそ道』の俳句の前後に入れた／は地の文からの切れだけでなく、俳句が現実の世界から切れていることを表わしている。

4

俳句が現実の世界から切れるとはどういうことか。そこでどのようにして主体の転換が起こるのか。『おくのほそ道』の「かさね」の句の前後をみてみよう。

芭蕉が「聞なれぬ名のやさしかりければ」でいったん筆を置いたとき、芭蕉は地の文を切っただけでなく、地の文が表わしている現実の世界を切り捨てた。そこに「間」が生まれる。芭蕉は「間」の空白の時空で自分を離れ、新たな主体を求めてさまよう。つまり芭蕉はしばしぽーっとなった。そして曾良に変わって「かさね」の一句をしたためる。

やがてふたたび現実の世界に戻ると、芭蕉は「頓て人里に至れば、あたひを鞍つぼに結付て馬を返しぬ」と地の文をつづる。「かさね」の句の生まれた空白の時空から、いったん現実の世界に戻れば馬の借り賃を払わねばならないということだ。昼寝の夢から覚めるように。

海亀に乗って龍宮城に行った浦島太郎は、ふたたび海亀に乗って現実の世界に戻ってくる。ほんのつかの間と思っていたのに数十年の歳月が流れてしまっていた。まさに夢のような空白の時空がそこにあった。浦島はぽーっとする。そして玉手箱を開け、白い煙に包まれると、白髪の翁つまり現実の浦島太郎にもどる。

詩歌は現実の世界から離れたこの空白の時空で誕生する。それは言葉の理屈の介在しない時空である。詩歌を作る人なら誰でも暗黙のうちに了解しているはずだ。

俳句や短歌の世界には題詠があり吟行がある。題詠はあらかじめ出された題で詠むもので和歌の発生からあった。吟行は遠出して詠むもので明治以降、俳句でさかんである。題詠も吟行も現実の世界を忘れ、言葉の理屈を捨てて想像力を羽ばたかせるよう促している。空白の時空での遊びへと誘っている。にもかかわらず吟行に出かければ目にするものを詠むことのみに汲々としているのは、吟行の本意を理解していないといわなければならない。

一方、戦争、震災、政治などの時事問題を詠む場合、戦争反対などというスローガンで終わってしまうのは、作者が現実の世界に留まったままだからである。戦争、震災、政治を題材にしても俳句や短歌は徹頭徹尾、詩でなければならない。そのためには戦争や震災が起こり、政治が行われる現実の世界を離れて、空白の時空に遊ばなければならない。

いいかえれば、戦争や震災や政治への怒りや嘆きや憤りをそのまま俳句や短歌にしてはならないということだ。みな詩歌の題材にちがいないが、あくまで素材にすぎない。詩はその現実の現象や感情を空白の時空から眺めなければならない。これは非情なことでもある。

あるとき、旅に出た芭蕉は河原で三歳ばかりの捨て子が泣いているのを見かけた。食べ物を与えて「自分の天命を泣くがいい」と言い捨てて通り過ぎる（『野ざらし紀行』）。しかも一句つまり文学に仕立てる。

猿を聞《きく》人《ひと》捨子《すてご》に秋の風いかに　芭蕉

子を奪われて泣き叫ぶ猿の声を聞いて杜甫は一篇の詩（「秋興八首」二）を作った。杜甫よ、この捨て子の泣き声を聞いたらどんな詩を詠むか、というのだ。もちろんここには脚色があるだろう。しかし脚色してまで芭蕉は伝えたいのだ。風雅とは非情なものであり、詩人は非情でなければならぬと。

芭蕉はこの現実の世界を「実」、空白の時空を「虚」と呼んだ。その言葉を支考が書き留めている（「陳情の表」）。

言語は虚に居て実をおこなふべし。実に居て虚にあそぶ事は難し。

ここで芭蕉のいう「実」とは人間が生活し、戦争や震災や政治の生起する現実の世界である。一方「虚」とはそこを離れた空白の時空である。風雅の世界と呼んでもいいが、詩歌はそこで生まれる。そのことを踏まえて訳するとこうなるだろう。詩歌は非情にも風雅の世界（虚）に身を置いて現実（実）を詠むものだ。非情になれず現実（実）に身を置いたまま、風雅の世界（虚）に遊ぶのは難しい。

『おくのほそ道』の旅の九年前、芭蕉は江戸の中心、日本橋から隅田川を越えて深川へ転居した（深川隠棲）。それはただの引っ越しではなく、現実の世界から空白の時空へ、「実」から「虚」への引っ越しだった。それは中世の隠者たちの世を捨てるという行為、西行の出家と同じ意味をもっていた。

俳句の前後に入れた／はこの「実」と「虚」の結界を表わしている。いわば芭蕉が越えた隅田川でもある。

5

ここまで『おくのほそ道』や『伊勢物語』の地の文に挟まれた詩歌をみてきた。しかし地の文を持たない詩歌についても同じことが起こる。というのは詩歌である以上、現実の世界と切れていなければならないからである。現実の世界から切れてはじめて詩歌は成り立つ。古池の句のように地の文のない俳句の前後にも／を入れるのはそのためである。

秋深き隣は何をする人ぞ　芭蕉
遅き日のつもりて遠きむかしかな　蕪村
大蛍ゆらり〳〵と通りけり　一茶
いくたびも雪の深さを尋ねけり　正岡子規
白牡丹といふといへども紅ほのか　高浜虚子
おぼろ夜のかたまりとしてものおもふ　加藤楸邨
一月の川一月の谷の中　飯田龍太

芭蕉から飯田龍太まで、主な俳人の句である。切れに／を入れると、

／秋深き隣は何をする人ぞ／
／遅き日のつもりて遠きむかしかな／
／大螢ゆらり〳〵と通りけり／
／いくたびも雪の深さを尋ねけり／
／白牡丹といふといへども紅ほのか／
／おぼろ夜のかたまりとしてものおもふ／
／一月の川／一月の谷の中／

どれも地の文をもたないが、みな現実の世界から切れている。

芭蕉の「秋深き」の句は芭蕉が大坂で病床に伏していたときの句である。門人の歌仙会に招かれていたが、出向けない。そこで発句を送ることにした。句を案じるうちに芭蕉は病室という現実の世界から空白の時空に入る。心を遊ばせるうちにたどり着いたのは杜甫のある詩だった。安禄山の乱で反乱軍に協力したために蟄居を命じられていた王維を思いやる詩「崔氏《さいし》の東山《とうざん》の草《そう》堂《どう》」である。杜甫が招かれた長安郊外の山荘の隣に王維の山荘があった。

崔氏の東山の草堂

愛す汝が玉山の草堂の静かなるを

高秋の爽気相い鮮新
時有りてか自《おのずか》ら発す鐘磬《しょうけい》の響
落日更に見る漁樵《ぎょしょう》の人
盤《ばん》には剝《は》ぐ白鴉《はくあ》谷口《こくこう》の栗
飯《はん》には煮る青泥坊底《せいでいぼうてい》の芹
何為《なんす》れぞ西荘《せいそう》の王給事
柴門《さいもん》空しく閉じて松筠《しょういん》を鎖《とざ》す

最終の二行、なぜ西隣の山荘の王侍従長（給仕）は、門をひっそりと閉めて松や杉をとじこめているのだろうか。この二行がそのまま芭蕉の「秋深き」の句になった。「秋深き」の句は杜甫の漢詩を俳句にしたものなのだ。現実の世界へ戻った芭蕉はこの句を歌仙の発句として門人に送り届けた。これを歌仙の発句にすれば、杜甫の「西荘の王給事」王維への問いかけは「秋深き隣」歌仙会の主への問いかけとなり、主が詠む脇への誘い水になる。

病に伏す現実の芭蕉は病床を離れて杜甫の詩の世界に遊んだ。現実と詩の境にある切れ、そこに生まれる「間」、その「間」で起こる主体の転換、芭蕉の心が現《うつ》し身の芭蕉を離れて詩の世界に遊んだこと、ぽーっとしたことを表わしているのがこの句の前後の／である。

ほかの句も同じである。どの作者も我が身を離れて、ぽーっとしてできた句である。どの句もその感触を伝えている。

ここに引いたのはたまたま、みな一物仕立て〈a=b〉の句である。龍太の一月の川の句だけ句中に切れ／があるが、これは古池の句のような取り合わせ〈a+b〉の切れではなく、「一月の川は一月の谷の中」の「は」をリズムを整えるために削って生まれた軽い切れである。句中に取り合わせのような切れをもたないということは、一物仕立ての句は多かれ少なかれ言葉の論理でできている、いわば短い散文である。短くても散文が一句として成り立つには、よほど内容が際立っていなければならない。ここに揚げた句はみなそういう句である。

取り合わせの句は現実の世界と心の世界という次元の異なる言葉が出会って誕生する。それに対して一物仕立ての句は一句全体が現実の世界とは異なる次元の言葉でなければならない。いいかえれば、句の前後で明確に現実の世界から切れていなくてはならない。内容が際立っているとはそういうことだ。もしそうでなければ一物仕立ての句はことごとく「ただごと」、あるいは説明や報告で終わってしまうだろう。

浮世の果は皆小町なり　　芭蕉

歌仙の短句（七・七）だが、芭蕉のこの付け句などはそのいい例だろう。この句の「小町なり」の「なり」のように一物仕立てではしばしば「けり」「かな」「なり」などの強い切れ字を使うのは、句を現実から明確に切るためである。

一月の川一月の谷の中　飯田龍太

ふたたび龍太の句にもどれば、この句の川と谷は飯田家の裏山の谷とそこを流れる狐川という小さな川だった。それが現実の世界である。ところが、この句には虚空（まさに空白の時空）を流れ下る川と谷であるかのような印象がある。それが現実と異なる詩歌の世界である。句の前後の／は現実と詩歌という異なる世界の境界を示している。

ある日、突然、龍太の心に浮かんだ句のようにみえる。そのとき龍太の心は我が身を離れてぽーっとしていたはずだ。

6

文芸評論家の三浦雅士が二〇一六年夏から文芸雑誌「群像」に連載した「言語の政治学」は言葉と人間と宇宙の壮大な物語である。その第四回で民俗学者の折口信夫（歌人の釈迢空）の「ほうとする話」（一九二七年、『古代研究』民俗学篇）に触れている。

ほうとする程長い白浜の先は、また、目も届かぬ海が揺れてゐる。

明るくて寂しい沖縄の海辺を描く折口の文章は詩そのものである。一部を引用する。

　どこで行き斃れてもよい旅人ですら、妙に、遠い海と空とのあはひの色濃い一線を見つめて、ほうとすることがある。沖縄の島も、北の山原《ヤンバル》など言ふ地方では、行つても〳〵、こんな村ばかりが多かつた。どうにもならぬからだを持ち煩《アツカ》うて、こんな浦伝ひを続ける遊子も、おなじ世間には、まだ〳〵ある。其上、気づくか気づかないかの違ひだけで、物音もない海浜に、ほうとして、暮しつゞけてゐる人々が、まだ其上幾万か生きてゐる。

浦島が亀に乗って青い海の彼方へ旅だったのもこんな日和の海辺だったろうか。折口が沖縄で見た海浜のようなほうとする時空、これこそが日本の詩歌、というより人類の詩歌が誕生した故郷であり、そののち何千年も見え隠れしながらありつづけ、今この瞬間も、さらに未来永劫に存在しつづける詩歌の原郷なのではないか。そして、このほうとする時空に遊び、言葉として蘇らせる者、それが詩人である。これが折口の思想の根底にある考え方だろう。

三浦は「この「ぼうっと気が遠くなる」というその状態が、言語を獲得する前後のそのあわいを体験する感覚である」と「言語の政治学」第四回に書いている。それはこれまで私が使ってきた「空白の時空」とおそらく同じものをさしている。
折口の「ほうとする話」は日本の祭の発生をめぐる考察だが、そのなかに芭蕉にかかわる次の一節がある。

蓋然から、段々、必然に移つて来てゐる私の仮説の一部なる日本の祭りの成立を、小口だけでもお話して見たい。芭蕉が、うき世の人を寂しがらせに来た程の役には立たなくとも、ほうとして生きることの味ひ位は贈れるかと思ふ。

ここに折口は「芭蕉が、うき世の人を寂しがらせに来た程の役には立たなくとも」という一文をわざわざ書き加えている。折口は、芭蕉は「ほうとした時空」の住人であり、そこから「うき世の人を寂しがらせに」来た詩人であるというのだ。折口は芭蕉の次の句を思い浮かべながらこの一文を書いたはずである。

うき我をさびしがらせよかんこどり　　芭蕉

『おくのほそ道』の旅を終えた芭蕉は翌年、京の西、嵯峨野にあった去来の別荘、落柿舎で一夏を過ごした。そのおりの一句。「うき我」の「うし」と「さみしがらせよ」の「さみし」が対照的に使われている。

この「うし」は「憂いに沈む」「憂わしい」のように何となく晴れない心の状態をいう。長旅を終えた芭蕉の心身の疲れとかかわりがある、半ば精神的、半ば肉体的な言葉である。一方、「さみし」は広大な宇宙に寄る辺なくただ独り取り残されているという精神的で宇宙的な言葉である。

そこで「うき我をさびしがらせよ」とは浮世で憂いに沈む私にこの宇宙にただ独りいる寂しさを思い起こさせてくれと閑古鳥（郭公）に嘆いているのだ。折口風にいえば「ほうとさせてくれ」といっているのだ。

ここで芭蕉をさみしがらせる閑古鳥とは「ほうとする時空」「空白の時空」からこの現実の世界に訪れた使者である。つまり詩人であり、芭蕉自身の化身でもあるだろう。折口が「ほうとして生きることの味ひ位は贈れるかと思ふ」と書いているのは折口自身も閑古鳥、「ほうとする時空」からの使者であるということだろう。

では折口が詩歌の原郷とする「ほうとする時空」、いいかえれば永遠に存在しつづける「空白の時空」とは何なのか。そして、そこで詩歌はどのようにして誕生するのか。

第四章　無の記憶

1

詩歌を作るとき、主体の転換が起こる「空白の時空」とは何か。それを探る前に一つの事例をみておきたい。

柿本人麻呂（七世紀後半―八世紀初め）は日本の詩歌史に登場する最初の大詩人である。日本の詩歌が自立した最初の詩人ともいわれる。もちろん人麻呂以前にも歌はあった。それらのさまざまな歌が人麻呂という詩人の懐に蓄えられて、そこから新たに王朝の和歌として流れ出す。後世の芭蕉もそうだが、いわば古代の詩歌における巨大なダムのような存在である。

さて人麻呂の作品は旋頭歌、長歌、短歌などいくつも残っているが、その人の実像は明らかでない。時空の彼方に後ろ姿がぼんやり浮かんでいる、そういう詩人である。

『万葉集』には柿本人麻呂の歌とは別に「柿本人麻呂歌集」と明記した歌がある。

大君《おおきみ》は神にしませば天雲《あまくも》の雷《いかづち》の上に廬《いお》りせるかも
天離《あまざか》る鄙《ひな》の長道《ながち》ゆ恋ひ来れば明石の門《と》より大和島《やまとしま》見ゆ

この二首は柿本人麻呂の歌。次の二首は柿本人麻呂歌集の歌である。

天《あめ》の海《うみ》に雲の波立ち月の舟《ふね》星の林に漕《こ》ぎ隠《かく》る見ゆ
あしひきの山川《やまがわ》の瀬の鳴るなへに弓月が岳に雲立ち渡る

柿本人麻呂歌集は柿本人麻呂の歌集ではないのか。そうでないとすれば、柿本人麻呂歌集は誰の歌集なのか。

以下は門外漢の想像である。『万葉集』が柿本人麻呂の歌としている歌は、人麻呂の死から半世紀たった八世紀後半の『万葉集』編纂のとき、人麻呂の歌であることが明らかだった歌である。その一群の歌とは別に「柿本人麻呂歌集」と呼ばれる歌集があったのだが、その歌集の歌が人麻呂自身の歌か、すでに怪しくなっていたということだろう。

柿本人麻呂歌集の歌は人麻呂の歌でなければ誰の歌なのか。人麻呂が生きた時代あるいはそれ以前に人麻呂であり人麻呂でない複数の人々がいたということだろう。人麻呂であり人麻呂でない人々とは柿本を名乗る一族である。とすれば、柿本人麻呂歌集とは柿本人麻呂が所持していた歌集、さらにいえば柿本家代々の歌集、歌の手控え（記録）だったのではなかろうか。

歌集にするほど多くの歌を詠んだ柿本一族とは、歌を生業《なりわい》とした人々だったはずだ。では、どうすれば歌が生業になるのか。ほかの人の歌の代作をすること、それ以外に考えられないだろう。柿本一族とは各地を巡り、赤ん坊が生まれて喜びに湧く家があれば、当主に代わって喜びの歌を詠み、喪に沈む家があれば喪主に代わって殯《もがり》の歌を詠む、そういう人々だったにちがいない。

俳句の正月の季語に万歳、猿回し、傀儡師《くぐつし》など一連の門付け芸が並んでいる。歌の代作もこうした放浪者の芸の一つだったのではないか。彼らを旅芸人、吟遊詩人と呼ぶのはかまわないが、要するにある種の卓抜な能力を備えてはいるが、定住すべき土地を持たず流浪する賤民たちだった。ある種の能力とは新年を言祝《ことほ》ぐにしても歌を代作するにしても、神や人に成り代わって芸をし、歌を詠むことだった。

人類（現生人類、ホモ・サピエンス）は十七万年前、西アフリカで誕生し、六万年前、アフリカを出て地球上に広がった。つまり人類は誕生以来、旅をつづけ放浪をつづけてきたのだが、旅先の各地で定住するようになると、定住した人々はいまだに放浪をつづける人々を蔑むようになる。じつは万歳などの門付けや歌の代作者たちこそ放浪する人類の姿をとどめていた。いいかえれば言葉以前の静寂の世界から歩みつづけてきた人々だったのだが、定住した人々はそれを忘れて自分たちこそ人のあるべき姿であると奢ったのである。

2

白川静の『常用字解』に「二人並んで戯れ演じることを俳といい、「たわむれる、たわむれ、おどけ」の意味に用いる」とあり、「喪に服して哀しむ人の姿を優といい、またその所作（しぐさ）をまねする者を優という。葬儀のとき、死者の家人に代わって神に対して憂え申し所作を演じた者であろう」とあった。それが俳優の俳の起源であり、俳句の語源にもなっているのだが、この流浪の芸人たちも「俳」であり「優」であったと考えていい。

歴史を振り返れば、列をなしてつづく流浪の芸人たちの群れが遠望できる。白拍子、猿楽、田楽、能楽、人形浄瑠璃、歌舞伎など、彼らでさえ歴史の表に現れた人々にすぎない。さらに歴史の裏には巫女（シャーマン）とも、もの狂いともつかぬ人々の群れが蠢いている。『古事記』を伝えた稗田阿礼《ひえだのあれ》も能の観阿弥も世阿弥も歌舞伎をはじめた出雲阿国もそのような人々だったろう。そして彼らが一貫して脈々と営みつづけてきたのは、みずからの内に神を宿し人を宿し、神や人に成り代わって芸を演じ、歌を詠むこと、つまり代演、代作だった。

柿本家はこうした古代の賤しい歌詠みの一族だった。その一族にあるとき天才が誕生する。それがのちに人麻呂と呼ばれることになる人だった。その秀でた歌才が持統天皇の宮廷にまで聞こえ、持統、文武の二代（六八七―七〇七）に仕える。賤民の出であるから当然、官位は低い。ただ天皇のかたわらにいて人々の代表者として天皇を讃え、行幸に随行しては天皇に代わって土地の神々への晴れやかな讃歌を詠んだ。

人麻呂という名前は「この子は人だ」と聞こえる。固有名詞でありながら、ただ人であることを意味する普通名詞のようでもある。この不思議な名前は、柿本一族が自分たちの出世頭として彼を言祝ぐ名前だったのではないか。歌の代作を生業とする賤しい柿本一族に、やっと人として認められる人が誕生したという意味だったかもしれない。

では柿本一族が生業とし、人麻呂が才を振るった歌の代作とはどのようなものだったか。歌の代作とはある人に代わって歌を詠むことである。といえば、たやすいようにも聞こえるが、じつは代作者が自分自身を忘れ、歌の依頼主になりきって歌を詠むことである。そのとき、代作者の心はその人を離れ、ぽーっとして空白の時空をさまよい、やがて依頼主その人になって歌を詠む。人麻呂の次の歌でみてみよう。

見れど飽かぬ吉野の川の常滑の絶ゆることなくまたかへり見む

この歌には「吉野宮《よしののみや》に幸《いでま》せるとき、柿本朝臣人麻呂《かきのもとのあそみひとまろ》が作る歌」、持統天皇が吉野離宮に行幸されたとき、人麻呂が作った歌という詞書があって、まず長歌があり、長歌の反歌としてこの短歌があるのだが、このとき人麻呂の心はぽーっとして人麻呂を離れ、空白の時空で持統天皇に成り代わって吉野川をたたえるこの歌を詠んでいる。

歌仙の主体が一句ごとに代わるように、また芭蕉が古池の句を詠んだときのように、歌の代作でも空白の時空で主体の転換が起こる。しかしこれはおそらく順序が逆である。まず人麻呂が歌を代作するとき、主体の転換が起こった。それと同じように後世の歌人や俳諧師が歌や句を詠むときも主体の転換が起こるのだ。現代の詩歌までそれは変わらない。

詩歌を作るということは、詩歌の作者が作者自身を離れて詩歌の主体になりきることである。詩歌の代作をすることである。役者が役になりきるように。神であれ人であれ他者を宿すには役者は空の器でなければならない。同じように詩人も空の器でなければならない。空の器になるということは言葉をかえれば、我を忘れてぽーっとすること、ほうとすることだ。それを最初にみごとにやってのけたのが柿本人麻呂だった。だからこそ人麻呂はこの国の最初の大詩人と讃えられてきたのではなかったか。

さらに詩歌の作者は自分の作品を作っていると思っているが、あれは自分で自分の代作をしているのだ。無邪気な善人、幸福な老人、悲劇の主人公、平凡な一市民というように自分はこんな人だと思いこんでいる自分、自分にとって好ましい自分に成り代わって代作しているのである。

いうまでもなく人をぽーっと放心させるのは詩歌だけではない。酒や恋が人をぽーっとさせるのは誰でも知っている。眠りも夢もそうである。旅もまた人をぽーっとさせる。心が自分の体を離れて空白の時空に遊ぶ、これがぽーっとすることなら、旅とは心とともに体も日常を離れて空白の時空をさまようことである。放心を肉体で表わしているのが旅であるということになるだろう。そして究極の放心、それは死である。死とは心が肉体を離れて永遠の旅に出ること。残された肉体もやがて塵となって消滅する。

酒、恋、眠り、夢、旅、死、並べてみると、みな詩歌、詩人とかかわりが深い。人間の世界にはこうしたいくつもの空白の時空への出口がある。その一つが詩歌なのだ。

では人麻呂や後世の詩人たちが心を遊ばせた「空白の時空」とは何なのか。

3

「空白の時空」とは、一言でいえば言葉以前の世界である。

『おくのほそ道』の出羽（山形、秋田）、越後（新潟）の旅は月、太陽、星の句が次々に詠まれ、さながら宇宙を旅しているかのようだ。芭蕉自身それを十分意識していた。月山のくだりに「雲霧山気の中に氷雪を踏てのぼる事八里、更に日月行道《にちがちぎょうどう》の雲関《うんかん》に入《いる》かとあやしまれ、息絶身こゞえて」と書いている。ここにある「日月行道の雲関に入かとあやしまれ」とは太陽や月がめぐる宇宙空間に入ってゆくような気がして、という意味である。『おくのほそ道』の書き出しの「月日は百代の過客にして、行かふ年も又旅人也」という一文はこの体験をもとにしているはずだ。

さて次々に詠まれた天体の句というのは、

涼しさやほの三《み》か月《づき》の羽黒山（羽黒山、月）
雲の峰幾つ崩《くずれ》て月の山（月山、月）
暑き日を海に入れたり最上川（酒田、太陽）
文月や六日も常の夜には似ず（越後路、星）
荒海や佐渡によこたふ天河《あまのがわ》（越後路、星）

文月と荒海の二句は七夕、星の恋の句、なかでも荒海の句は天の川が織姫と彦星のように佐渡を枕にして荒海に横たわっているという壮大な句である。
この宇宙の旅のはじまりを告げるのが山形の立石寺での句だった。

山形領に立石寺と云山寺あり。慈覚大師の開基にして、殊《ことに》清閑の地也。一見すべきよし、人々のすゝむるに依て、尾花沢よりとつて返し、其間七里ばかり也。日いまだ暮ず。梺《ふもと》の坊に宿かり置て、山上の堂にのぼる。岩に巌《いわお》を重て山とし、松栢年旧《しょうはくとしふり》、土石老て苔滑《こけなめらか》に、岩上の院々扉を閉《とじ》て物の音きこえず。岸をめぐり、岩を這て、仏閣を拝し、佳景寂寞として心すみ行のみおぼゆ。

閑さや岩にしみ入《いる》蟬の声

立石寺は盆地の宙に突き出した岩山にある。この句は蟬が岩にしみ入るように鳴いていてなんと静かなのだろうと訳している本もあるが、蟬が岩にしみ入るように鳴いていれば「閑さや」どころではなく、やかましいだろう。とすれば上五の「閑さや」は現実の世界の「岩にしみ入蟬の声」とは別次元の「閑さ」でなければならない。

芭蕉はその日、立石寺の山上で岩にしみ入る蟬の声を聞いた。その声に聞き入るうちに放心が起こる。音、そして放心。このときの芭蕉の心の動きを追えば、現実の世界を忘れ、ぽーっと空白の時空をさまよううちに心の耳は宇宙の静かさをしかと感じとった。それがこの「閑さや」だった。地の文に「心すみ行のみおぼゆ」とあるのがそれを裏付けている。

生身の芭蕉のいる現実の世界は言葉の論理の網で覆われている。とすれば「岩にしみ入蟬の声」に聞き入るうちに芭蕉の心が遊んだ空白の時空は言葉の論理の網を突き抜けた、その向こうにある言葉以前の世界であったはずだ。そこで芭蕉はしんと静まり返る宇宙に向き合った。この句が『おくのほそ道』の宇宙の旅のはじまりを告げる句であるとはそのことである。

じつはこの句は古池の句とまったく同じ構造をしている。

古池や蛙飛こむ水のおと
閑さや岩にしみ入蟬の声

どちらの句も「蛙飛こむ水のおと」「岩にしみ入蟬の声」という一つの音を聞いたことを跳躍台にして、「古池」「閑さ」という永遠の宇宙の静寂にたどり着いている。

芭蕉は言葉の網の彼方の言葉以前の世界、そこに広がる静寂の宇宙の消息を言葉で伝えようとしていた。そのとき生まれる言葉が芭蕉の場合は俳句だった。言葉以前の世界の消息を言葉によって伝えること、つまり言葉で言葉を破ること。芭蕉は無謀な企てに挑んでいた。

4

人類が言葉を使いはじめたのはいつからか。事実がどうであれ、宇宙の歴史のある時点で言葉が誕生した。そしてそれを境にして宇宙史は言葉以前と言葉以後に分けることができる。

言葉以後の世界は現代のように言葉とその論理に覆われた世界である。では言葉以前はどのような世界だったのか。言葉の存在しない、永遠の静寂が占める世界だったはずである。

永遠の静寂といっても言葉以前にもたしかに音はあった。海は波打ち、大気はそよぎ、雷鳴は轟き、火山は噴火を繰り返し、さらに耳を澄ませば動物の足音や植物の葉ずれの音が聞こえた。空を突き破って落ちてくる隕石や小惑星の大音響が響きわたることもあっただろう。しかし、どれも永遠の静寂がもらすささやきにすぎなかった。

宇宙を覆う永遠の静寂、それを最初に破ったのが人類だった。そのとき人類はまだ言葉をもたず、その意識は暗いぼんやりした光でしかなかったが、その光で自分たちの生きる世界を照らしはじめた。人類以前の動植物にも意識はあったが、人類が異なっていたのは自分自身を眺めることができたことだろう。それは人類の意識を通して宇宙がはじめて宇宙自身を眺めたということだった。

そしてついに人類は言葉を話しはじめる。人類が最初に口にした言葉は何だったか。赤ん坊への呼びかけ？　恋人のささやき？　闇の恐怖の叫び？　言葉は人類の意識が生み出したものだったが、人類の意識をさらに高度に複雑に展開させることになる。こうして人類の意識に芽吹いた一粒の言葉の種子から無数の言葉が茂り、緑の植物がはびこるように永遠の静寂を覆い隠していった。

やがて世界中のあらゆるものが言葉で名づけられ、人類は言葉を通して世界を眺めるようになる。いや言葉というレンズを通してしか世界を眺められなくなる。言葉以後、世界は言葉で覆われてしまったからである。それどころか言葉以前の世界についても言葉を使って考えるしかなくなった。言葉以前の状態を表わすにも永遠、静寂、沈黙、空白、あるいは混沌という言葉を使わなければならない。『徒然草』風にいえば、「あやしうこそものぐるほしけれ」、つまり悩ましいことである。

言葉以後の人類はこうして言葉の罠にかかってしまった。言葉の檻に閉じこめられ、言葉の鉄格子によって永遠の静寂から遠ざけられた。言葉は人間が世界を認識する最終的な手段なのだが、それゆえに人間を永遠の静寂から遠ざける檻でもある。

詩歌が誕生したのはこの言葉の檻の中だった。それは言葉の檻に閉じこめられ、言葉以前の永遠の静寂から遮断されてしまった人間にもう一度、永遠の静寂を思い起こさせようとする。いいかえれば、言葉の檻に幽閉された人間がかすかに覚えている言葉以前の世界、永遠の静寂への郷愁！　それこそが詩歌なのだ。

詩歌は言葉で作られる。言葉によって失われた永遠の静寂を、ふたたび言葉によって取り戻そうとするのが詩歌である。そしてこの悩ましい企てに挑むのが詩人なのだ。

こうみてくると、芭蕉の句、

古池や蛙飛こむ水のおと
閑さや岩にしみ入蟬の声

この二つの句の背景も意義も明らかになるだろう。どちらも言葉以前に宇宙を占めていた永遠の静寂を思い出させ、もう一度、蘇らせようとしているのだ。

詩人の西脇順三郎（一八九四―一九八二）はこうした芭蕉の俳句の世界を郷愁とも哀愁とも呼ぶのだが、西脇自身の詩でそれはどう表現されているか。第二次世界大戦直後に刊行された詩集

『旅人かへらず』（一九四七年）の巻頭の詩をみてみよう。

旅人は待てよ
このかすかな泉に
舌を濡らす前に
考へよ人生の旅人
汝もまた岩間からしみ出た
水霊にすぎない
この考へる水も永劫には流れない
永劫の或時にひからびる
ああかけすが鳴いてやかましい
時々この水の中から
花をかざした幻影の人が出る
永遠の生命を求めるは夢
流れ去る生命のせせらぎに
思ひを捨て遂に
永劫の断崖より落ちて

消え失せんと望むはうつつ
さう言ふはこの幻影の河童
村や町へ水から出て遊びに来る
浮雲の影に水草ののびる頃

この詩にも芭蕉の俳句と同じ構造がみてとれるだろう。浮雲の影に水草ののびるころ、水から出て村や町に遊びにくる「花をかざした幻影の人」あるいは「幻影の河童」こそ、現実の世界から失われて久しい永遠の静寂を思い起こさせる詩人のたとえにほかならない。詩集『旅人かへらず』にこれから登場するいくつもの短い詩はみなこの「幻影の河童」の言葉であるというのだ。西脇はその「幻影の河童」に代わってこの詩集を書いたのだ。

5

ヨーロッパの詩はどうか。ポール・ヴァレリー（一八七一―一九四五）は二十世紀はじめの第一次世界大戦（一九一四―一八）で戦場となり、廃墟となったヨーロッパを生きた詩人である。次は戦後に書かれた「失はれた美酒」（『魅惑』所収、一九二二年刊、堀口大学訳）。

失はれた美酒

一と日われ海を旅して
（いづこの空の下なりけん、今は覚えず）
美酒少し海へ流しぬ
「虚無」に捧ぐる供物《くもつ》にと。

おお酒よ、誰か汝《な》が消失を欲したる？
或るはわれ易占に従ひたるか？
或るはまた酒流しつつ血を思ふ
わが胸の秘密のためにせしなるか？

つかのまは薔薇いろの煙たちしが
たちまちに常の如《ごと》すきとほり
清らかに海はのこりぬ……。

この酒を空しと云ふや？……波は酔ひたり！

われは見き潮風のうちにさかまく
いと深きものの姿を!

ヴァレリーがこの詩に書いた「虚無」とは何か。それは海であるとともに海が象徴する言葉以前の永遠の沈黙であり、虚無への供物として捧げられる「美酒」とは詩歌であると読むこともできる、いや読むべきだろう。
アルチュール・ランボー(一八五四—九一)の散文詩『地獄の季節』(一八七三年刊、小林秀雄訳)に織り込まれた「永遠」と呼ばれる無題の詩も海の詩である。その書き出しの一節、

また見つかった、
何が、永遠が、
海と溶け合う太陽が。

ランボーの目の前で海に沈んでゆく太陽。人類の誕生以前から地球上で毎日繰り返され、それが宇宙の光景であるとは知らずに人類が毎日眺めてきたはずの光景が突然、ランボーに失われてしまった永遠を発見させる。
ランボーがたたずんだ海はどこの海だったか。その二百年近く前、芭蕉は『おくのほそ道』の

途上、酒田で日本海に沈む太陽を見て次の句を詠んでいる。

暑き日を海に入れたり最上川

巨大な夏の太陽、その太陽の君臨する夏の暑い一日を最上川が海に流しこんでいる。この壮大な海と太陽の句の前後に月や星の句が並んでいたのを思い出さなくても、この句が描いているのは地球から眺めた宇宙の光景である。芭蕉が立石寺で蟬の声を聞いたとき、宇宙に充満する静寂に気づいていたことを知らなくても、この句の象徴するのが宇宙を占める永遠の静寂であることは明らかだろう。

詩歌は人類がかつて言葉の代償として失った永遠の静寂の思い出、つまり無の記憶であり、無の覚醒なのだ。ヴァレリーの「失はれた美酒」もランボーの「永遠」も芭蕉の「暑き日を」の句も海が舞台に選ばれているのは理由のないことではない。海は波打つ青い無だからである。

6

日本の現代詩をみておこう。

まず谷川俊太郎（一九三一―　）の「かなしみ」（『二十億光年の孤独』所収、一九五二年刊）。

かなしみ

あの青い空の波の音が聞えるあたりに
何かとんでもないおとし物を
僕はしてきてしまったらしい

透明な過去の駅で
遺失物係の前に立ったら
僕は余計に悲しくなってしまった

「あの青い空の波の音が聞こえるあたり」、ここでも海の幻が現れる。そこに忘れてきた「何かとんでもないおとし物」とは何か。それは「僕」が人間に生まれ、言葉を獲得したことによって失われた何か、遠い昔に人類が喪失した永遠の静寂なのではないか。しかしそれは本来、言葉で名づけられないものである。だからこそ「何かとんでもないおとし物」と呼ぶしかなく、「僕」は透明な過去の駅の遺失物係の前に立ったとき、それを何と呼んでいいかわからず「余計に悲しくなってしまった」のである。

「かなしみ」の主体は中学生くらいの少年だろうか。谷川の詩はしばしば少年や子ども、ときには赤ん坊を主体として書かれる。谷川は子どもに成り代わって詩を作っている。谷川の詩はいわば子どもの詩の代作という性格をもっている。それにも理由がある。言葉の世界にどっぷりと浸かっている大人は言葉の代償に喪失した永遠の静寂を忘れかけているが、言葉を覚えて間もない子どもは言葉によって失われた楽園を記憶している人たちだからだ。そして詩人もまた楽園を忘れえない人、つまり子どもなのである。

次は大岡信（一九三一―二〇一七）の「マリリン」（『わが詩と真実』所収、一九六二年刊）の一節。

いまは
ひとしずくの涙だけが
すべてを語りうる時代だ
裸かの死体が語る言葉を
そよぐ毛髪ほどにも正確に
語りうる文字はないだろう
文字は死の上澄みをすくって
ぷるぷる震える詩のプリンを作るだけだ

「マリリン」はアメリカの女優マリリン・モンロー（一九二六―六二）の死を悼む詩である。モンローは一九六二年八月五日未明、ロサンゼルスの自宅のベッドで死んでいるのが発見された。人類のセックス・シンボルだったモンローの突然の死のニュースは世界を駆けめぐった。

大岡はそれに触発されて短時間で「マリリン」を書きあげた。詩の各行に速度感がみなぎっているのはそのためだろう。そしてこの一節で大岡が展開するのは一つの詩論である。それは言葉の限界、言葉に対する不信にほかならない。モンローの死を正確に語っているのは「裸かの死体」である。それを言葉でとらえることはできない。「そよぐ毛髪ほどにも正確に／語りうる文字はないだろう」、「文字は死の上澄みをすくって／ぷるぷる震える詩のプリンを作るだけだ」。

谷川の「かなしみ」に登場する少年「僕」が言葉を獲得する代償として永遠の静寂の世界から追放された人であるなら、自殺したモンローは言葉の世界を捨てて、ふたたび永遠の静寂へ帰っていった人である。ここで大岡が語るのは、言葉以前の永遠の静寂を言葉でとらえられるはずがないという言葉に対する不信である。モンローの「裸の死体」とは言葉を失った永遠の静寂の柔らかなひとかけらなのだ。

思い出して欲しい。詩歌は言葉で作られる。大岡の詩「マリリン」ももちろん言葉でできている。つまりここで大岡は言葉によって言葉への不信を語っている。ではなぜ大岡はこの矛盾を犯したのか、あるいは犯さざるをえなかったのだろうか。

第五章　新古今的語法

1

言葉で言葉以前の世界はとらえられない。言葉に対する大岡のこの思想はどこからきたか。そして言葉以前の世界、永遠の静寂の世界をとらえるにはどうすればいいのか。俳句や短歌を含む詩歌の根本にあるこの問題について考えたい。

大岡信が他界して三か月近くたった六月の雨の日、東京・お茶の水で開かれた「大岡信さんを送る会」の参会者八百人に小冊子「大岡信の詩16」が配られた。大岡の代表的な詩十五編と歌仙「新酒の巻」を収め、巻頭は「夏のおもひに」という初々しいソネット（十四行詩）。一九四七年八月二十四日、十六歳の大岡が夏休みに書いた詩である。

夏のおもひに

この夕《ゆふべ》　海べの岩に身をもたれ。
ゆるくながれる　しほの香に夕の諧調《アルモニー》は　海をすべり。
いそぎんちやくの　かよわい触手は　ひそかにながれ。
とほくひがしに　愁《うれ》ひに似て　甘く　ひかりながれて。

この夕　小魚の群の　ゐがく　水脈《みを》に
かすかな　ひかりの小皺　みだれるをみ。
いそぎんちやくの　かよわい触手は　ひそかにながれ。
海の香と　胸とろかす　ひびきに呆《ほう》けて。

とらはれの　魚群をめぐる　ひとむれの鷗らに
西の陽のつめたさが　くろく落ち。
はなれてゆく遊覧船の　かたむきさへ　愁ひをさそひ。

この夕　海べの岩に身をもたれ。
こころひらかぬままに　おづおづと　語らひもせず　別れしゆゑ
ゆゑもなく慕はれる人の　面影を　夏のおもひに　ゐがきながら。

夏の夕暮れ、海辺でともにすごした一人の少女への思いがつづられる。その海辺とは大岡の故郷、静岡県三島の隣、沼津の海辺だろう。

2

さてこの詩を読んですぐ連想するのは立原道造のソネットである。たとえば詩集『萱草《わすれぐさ》に寄す』にある「のちのおもひに」。

のちのおもひに

夢はいつもかへつて行つた　山の麓のさびしい村に
水引草に風が立ち
草ひばりのうたひやまない
しづまりかへつた午《ひる》さがりの林道を

うららかに青い空には陽《ひ》がてり　火山は眠つてゐた

——そして私は
見て来たものを　島々を　波を　岬を　日光月光を
だれもきいてゐないと知りながら　語りつづけた……

夢は　そのさきには　もうゆかない
なにもかも　忘れ果てようとおもひ
忘れつくしたことさへ　忘れてしまつたときには

夢は　真冬の追憶のうちに凍るであらう
そして　それは戸をあけて　寂寥のなかに
星くづにてらされた道を過ぎ去るであらう

まず大岡と立原の時間的関係をみておくと、立原は大岡より十七年早く一九一四年（大正三年）に生まれ、大岡が七歳のとき、一九三九年（昭和十四年）結核のため二十四歳で早世した。詩集『萱草に寄す』は死の二年前一九三七年（昭和十二年）に刊行された。日中戦争が勃発した年である。

楽譜のような薄手の大判の詩集であり、ある女性との恋のはじまりから終息までをたどる九つのソネットが小曲のように並んでいる。「のちのおもひに」はその第四ソネット。すでに息絶えようとしている恋を悲しむ詩である。舞台は浅間山の麓、長野県追分村（現在、軽井沢町内）。「山の麓のさびしい村」「火山は眠つてゐた」とあるとおりである。

読み比べてみればわかるとおり、大岡の「夏のおもひに」は立原の「のちのおもひに」になんと似ていることか。同じソネットという型式を用いていることはもちろんだが、「のちのおもひに」「夏のおもひに」という題名、何よりも夏の夕暮れの気だるい情緒が似ているのである。たしかに高原と海岸という違いはある。そのほかの違いをあげれば、恋のはじめと終わり、立原が口語なのに大岡は逆に文語、その文語の調べに包《くる》まれて大岡独特の言葉のリズムがすでに波打ちはじめている。

いずれにしても大岡は十六歳のころ、自分より十七歳年長ですでに亡くなっている立原の詩を熱心に読んでいたということである。「夏のおもひに」は自分の恋のはじまりを立原のソネットの型に流しこんだ詩であるとみることもできるだろう。

それから十年後、二十六歳の大岡は「立原道造論――さまよいと決意」（一九五七年、『詩人の設計図』所収）をこう書き出す。立原との蜜月に別れを告げるかのように。

立原道造の詩に遭遇したことは、ぼくの詩的感受性の形成にとってかなり重要な事件だったように思う。ぼくはそのとき十六歳だったが、かれの詩の舌たらずな甘さが、十六歳の少年の精神によびさました一種の抵抗感と、その抵抗感にあらがって誘惑的によびかける複雑な言葉のリズムとは、かなり長いあいだぼくを悩ました。いまになってみれば、立原の詩との遭遇は、新古今的世界、あるいは新古今的語法ともよぶべきものとの最初の遭遇だったように思える。ぼくが抵抗と誘惑とを感じたのもそのためだったようだ。十六歳の精神にとって、新古今的世界はけっしてなじみ深いものではない。

大岡の「立原道造論」はこのあとすぐ、立原の「新古今的語法」の問題を離れて、立原の精神構造の夕闇へ降りてゆく。しかしここで問題にしたいのはそのことではなく、大岡が冒頭で触れている新古今的語法である。

大岡は立原の新古今的語法に抵抗と誘惑を感じたが、それは「ぼくの詩的感受性の形成にとってかなり重要な事件だった」と告白している。では新古今的語法、さらにさかのぼって『新古今集』とは何なのか。

3

『新古今和歌集』（一二〇五年）は鎌倉時代の初め、後鳥羽上皇（一一八〇―一二三九）の周辺にいた藤原定家（一一六二―一二四一）らによって編纂された勅撰和歌集である。

立原は一九三五年（昭和十年）ごろから『新古今集』とくに定家の歌を熱心に読みはじめた。その後の立原の詩には頻繁に『新古今集』や定家の家集『拾遺愚草』の歌が引用されることになった。たとえばここに引いた「のちのおもひに」の最終連「夢は　真冬の追憶のうちに凍るであらう／そして　それは戸をあけて　寂寥のなかに／星くづにてらされた道を過ぎ去るであらう」は次の定家の歌の変奏だろう。

忘れずはなれし袖もや凍るらん寝ぬ夜の床の霜のさ筵《むしろ》　　藤原定家

もしほんとうにあなたが私をまだ忘れていないなら、共寝したあなたの袖も涙で凍っているはず。果たしてそうかしら？　私はあなたを思って独り眠れず、涙で夜の床が霜が降りたように凍っているのに。ちなみにこの歌は定家が歌合の席で詠んだ歌である。つまり定家が独り寝の女になりきって詠んだ、いわば代作である。柿本人麻呂が体現した代作という詩歌の原点がここでも繰り返されている。

立原の詩への『新古今集』の影響はこうした歌の引用に止まるものではなかった。大岡が「新古今的語法」と呼んだ『新古今集』特有の言葉の使い方に及んでいる。その新古今的語法とは次のようなものである。

春の夜の夢の浮橋とだえして峰に別るる横雲の空　藤原定家

「夢の浮橋」は『源氏物語』の最終巻。この壮大な物語は髪を下ろして尼になった浮舟（光源氏の姪）を薫（光源氏の子、じつは柏木の子）が鬱々と思いつづけるところで終わらない終わりを迎える。「春の夜の夢の浮橋とだえして」とはそれを暗示している。夢の浮橋、あなたのもとへつづく夢の通路が途切れてしまった。定家はここで一首の和歌に『源氏物語』という大河の流れを引き入れているのだ。

「夢の浮橋とだえして」、そこで恋を絶たれた男（薫）はどうなるかと思えば、定家はその思いをそこで断ち切って「峰に別るる横雲の空」という風景に転じる。恋の行方はこの風景の中でほのめかされることになるだろう。そこでは横雲（共寝の恋人）が峰を離れ（恋人と別れ）ようとしている。こうして定家は恋物語を風景に転じ、恋と風景の織物を織りだそうとしているのだ。ちなみにこの歌は定家がある人から注文されて詠んだ五十首の中の一首である。ある男、薫の代作ということになるだろう。

次は定家の熱心な信奉者であった式子内親王（一一四九―一二〇一）の歌。

ほととぎすその神山の旅枕ほのかたらひし空ぞ忘れぬ　式子内親王

「いつきの昔を思ひ出でて」、賀茂の斎院であった昔を思い出して、という詞書がある。この歌には本歌があって、それは『源氏物語』の「花散里」の巻で光源氏が花散里（父、桐壺帝の麗景殿女御の妹）に贈った歌、

をち返りえぞ忍ばれぬほととぎすほの語らひし宿の垣根に　　光源氏

あのときの気持ちになってこらえきれずに鳴いているのだ、あの時鳥（私）は。昔しばし立ち寄った家の垣根で。

内親王は光源氏の歌の「をち返りえぞ忍ばれぬ」「宿の垣根に」を捨てて、その代りに「その神山の旅枕」「空ぞ忘れぬ」を新たに入れている。ああ時鳥が鳴いている。そういえばその昔、賀茂の斎院だったころ、あの神山の空でほのかに鳴いていたのを今も忘れない。きれぎれの溜息のような、ぽーっと放心しているかのような世界を、夏の短夜のうすら明かりの彼方から浮かび上がらせている。

定家の歌も内親王の歌もどちらも『源氏物語』を下敷きにしている。王朝の象徴である『源氏物語』が書かれてからすでに二百年、定家や内親王の時代、王朝時代はもはや遠い昔の語り草になっていた。

4

『新古今集』の歌人たちの言葉の切り結び。立原はこの新古今的語法を自分の詩にとりこんだ。十四行詩のソネットはふつう四、四、三、三行に行分けする。「のちのおもひに」もそうなっている。これを改行せずに追いこんで散文のように句読点を施し、内容の区切りごとに段落を入れると次のようになる。詩の連ごとに番号を入れる。

【第一段落】

①夢はいつもかへつて行つた。山の麓のさびしい村に。水引草に風が立ち、草ひばりのうたひやまないしづまりかへつた午さがりの林道を。②うららかに青い空には陽がてり　火山は眠つてゐた。

【第二段落】

——そして私は見て来たものを、島々を、波を、岬を、日光月光を、だれもきいてゐないと知りながら語りつづけた……。

【第三段落】

③夢はそのさきにはもうゆかない。なにもかも忘れ果てようとおもひ、忘れつくしたことさへ、忘れてしまつたときには。④夢は真冬の追憶のうちに凍るであらう。そして、それは戸

をあけて寂寥のなかに星くづにてらされた道を過ぎ去るであらう。

これをみれば「のちのおもひに」は内容の区分けどおりに行分けされていない。第一段落は途中で打ち切られて前半は詩の第一連にされる。残りは第二段落と結合されて第二連になる。第三段落は二つに分割されて第三、四連になっている。

ここからわかるのはソネットの四、四、三、三行の区分が鋳型として働いているということだ。マドレーヌの焼き型のように。散文で示した内容はこの鋳型に注がれると、四、四、三、三行の四連に分かれる。三つを無理に四つに分けるのだから当然、言葉の切り結びが生まれる。

たとえば第一段落の最後の「うららかに青い空には陽がてり　火山は眠つてゐた。」は本来、「山の麓のさびしい村」の風景描写だったものが、そこから切り離されて第二段落の「私」の描写と結合することによって、後ろ髪を引かれるかのように第一連の印象を引きずりながら、俯いていた顔をあげるように晴れ晴れとした印象を生み出すことになる。

第三段落の「なにもかも忘れ果てようとおもひ、忘れつくしたことさへ、忘れてしまつたときには。」は同時に前後の「夢はそのさきにはもうゆかない。」と「夢は真冬の追憶のうちに凍るであらう。」に掛かっていたのだが、「忘れてしまつたときには。」でいきなり切り離され、第三連と第四連に分けられる。これによって第三、四連の間には思いを振り切ったあとの残り香のようなものが漂うことになる。

ソネットという鋳型を使った言葉の大胆な切り結び。切断と結合。これが立原が『新古今集』から学んだ新古今的語法の具体的な成果だった。単線の文脈を切断し、順序を逆転させ、ときには別の文脈と結合させて入り組んだ複線の文脈を出現させる。それは主語を明示しなくても曖昧なままで文が成り立つ日本語だからできる語法だった。ここで話の先廻りをすれば、俳句の取り合わせ〈a＋b〉とは、新古今的語法、言葉の切り結びの最小単位ということができるだろう。

立原の詩について大岡は『詩への架橋』（一九七七年）にこう書いている。大岡がここで語っているのは『萱草に寄す』の第二ソネット「またある夜に」についてなのだが、「のちのおもひに」をはじめ立原のソネットすべてについて同じことがいえるだろう。

　詩句は、行きつ戻りつしながら進んでゆく感じである。風景は霧にとざされておぼろめき、恋人たちの思いも切れ切れに過去と現在との間を往き来し、詩句の歩みには意識的に作られた断絶、かすかな喘《あえ》ぎに似たためらいがちの足どりが取り入れられている。

さらに大岡がここで書いていること、「行きつ戻りつしながら……おぼろめき……切れ切れに過去と現在の間を往き来し……かすかな喘ぎにも似たためらいがちの足どり……」は、そのまま『新古今集』の歌人たちにもあてはまる。

和歌には五・七・五・七・七という定型がある。歌人がこの定型に思いを託そうとすれば、おのずから言葉の切り結びが生まれる。『新古今集』はこの和歌の定型の働きに気づいた定家たちによる言葉の実験場だったのだ。

ここまでくれば、自由詩の時代に生まれた立原がなぜソネットという定型詩を自分の詩の器として選んだかもすでに明らかだろう。

5

『新古今集』の言葉を切り結ぶ和歌は和歌が発生したときからあったのではない。そこには『古今和歌集』（九〇〇年代初頭）に代表される堂々たる王朝の和歌があった。代表的歌人の一人、在原業平の春の月の歌を引けば、

月やあらぬ春や昔の春ならぬわが身ひとつはもとの身にして　　在原業平

月よ、おまえはもう去年の月ではないのか。春よ、おまえも去年の春ではないのか。あの人がいなくなってすべてが変わってしまった。それなのに私だけが去年のままだ。

恋人を失って独り取り残されたわが身を嘆く恋の歌である。ここには月も春も昔のままではないのに、という逆接はあるが、定家の歌のような言葉の切り結び、文脈の入り組みがあるわけで

はない。五・七・五・七・七という和歌の定型に沿って恋の嘆きが滔々と述べられているだけだ。その流れに『新古今集』の歌のような定型の区切りが割って入っていることもない。いいかえれば、恋の嘆きと和歌の定型が幸福に調和して歌の調べを奏でている。これが王朝の和歌だった。『古今集』から『新古今集』まで三百年。この間、いったい和歌に何が起こったのか。

和歌を変えた最大の要因は禅である。ここでいう禅とは臨済宗、曹洞宗などの宗教の禅ではなく、禅の思想である。禅の起源はたしかに宗教だが、数百年を経るうちに宗教の枠に納まらない思想にまで発展した。いや禅とはもともと思想だった、それがたまたま宗教という形を借りていたと考えたほうがいい。だからこそ、禅はのちにさまざまな分野に影響を及ぼし、新しい文化や生活様式を生み出す母胎となりえたのだ。もし宗教の内に留まっていれば、それほどの力はもたなかっただろう。

禅の起源は古代のインドにある。それをインドの僧、達磨（ボーディダルマ、？—五三〇？）が六世紀初め、南北朝時代の中国に伝えた。達磨は中国禅宗の開祖とされる。この禅宗が宋（九六〇—）・南宋（一一二七—一二七九）の時代に壮大な思想へと発展をとげる。

日本には早くも聖徳太子（五七四—六二二）の時代に禅宗が伝わっていたが、平安末期から鎌倉時代にかけて、元の脅威に押されて臨済宗、曹洞宗などの禅宗とともに禅の思想の本流が南宋から流れこんだ。

日本文化は古代から中国文化の圧倒的な影響下にあった。飛鳥（五九三—）、奈良（七一〇—）、平安時代（七九四―一一八五）の王朝文化は中国の隋（五八一―）、唐（六一八―九〇七）の文化の影響のもとに成立した。政府は遣隋使、遣唐使を派遣して文化を摂取し、貴族たちは競ってそれを真似た。

遣唐使の廃止（八九四年）以来、いわゆる日本独自の「国風文化」が生まれたといわれるが、当時の日本の文化が華やかな唐の文化の影響を脱したわけではなく、唐の文化がより深く浸透し、より一体化していっただけのことである。

そのころ書かれた『枕草子』の中で清少納言は「鳥は」とみずから問いかけて第一に鸚鵡をあげている。これなどは当時の貴族たちの唐の文化への憧れと何よりも当時、鸚鵡が唐から輸入され、貴族の屋敷で飼われていたことを物語っているだろう。『源氏物語』の背後にあるのも唐の宮廷文化である。紫式部は清少納言以上に中国文化に精通していた。

滅びゆく南宋からもたらされた禅の思想は、この華麗な王朝文化を枯淡の中世文化に塗り変えてゆく。禅の思想によって王朝時代は中世という新しい時代に生まれ変わる。

鎌倉時代に兼好法師（一二八三?―一三五二?）が書いた『徒然草』（一三三〇年?）は王朝時代の『枕草子』にならったといわれるが、むしろ『枕草子』を代表とする王朝文化への批評であり批判である。王朝文化が花なら満開、月なら満月を賛美するのに対して、兼好法師は「花はさかりに、月はくまなきをのみ見るものかは」（第百三十七段）と書く。花の咲くのを待つのも散った花を惜しむのもおもしろい。雨の夜に見えない月を恋い慕うのも風情があるというのだ。

6

中世に入ると、王朝時代にはなかった思索的な文体が誕生する。同じく『徒然草』から。

人の心すなほならねば、偽りなきにしもあらず。されども、おのづから正直の人、などかなからん。おのれすなほならねど、人の賢を見てうらやむは尋常《よのつね》なり。至りて愚かなる人は、たまたま賢なる人を見て、是を憎む。「大きなる利を得んがために、少しきの利を受けず、偽りかざりて名を立てんとす」とそしる。おのれが心に違《たが》へるによりて、この嘲りをなすにて知りぬ、この人は下愚の性移るべからず、偽りて小利をも辞すべからず、かりにも賢を学ぶべからず。狂人の真似とて大路を走らば、則ち狂人なり。悪人の真似とて人を殺さば、悪人なり。驥《き》を学ぶは驥のたぐひ、舜を学ぶは舜の徒《ともがら》なり。偽りても賢を学ばんを賢といふべし。

（第八十五段）

ここで兼好は人間を三つに分類する。第一は生まれつき正直な人。第二は賢者をみて羨む人。第三は賢者を憎む愚かな人。このうち第二の賢者を羨む人は賢者を真似、賢者に学ぶ。ところが第三の賢者を憎む人は賢者に学ぶことができない。

兼好はここから一気に大胆な結論に導く。狂人の真似をして大路を走れば狂人である。悪人の真似をして人を殺したら悪人である。同じように千里を走る駿馬（驥）をまねて千里を走れば、駄馬も駿馬であり、名君の舜を真似れば舜である。賢者の真似のできる人は賢者である。目覚ましい論理展開といわなければならない。

人間の本性への洞察は鎌倉時代に浄土真宗を開いた親鸞（一一七三―一二六二）にも見られる。弟子の唯円の聞き書き『歎異抄』から。

善人なほもて往生をとぐ、いはんや悪人をや。しかるを世のひとつねにいはく、悪人なほ往生す、いかにいはんや善人をや。（第三条）

善人でさえ極楽往生するのだから、なぜ悪人が極楽往生しないことがあろうか。ここで親鸞の語っていることはたしかに常識に反するようにきこえる。しかし親鸞が善人、悪人と呼ぶのは自分を善人と思いこんでいる人、自分が悪人であると自覚している人のことである。つまり人間の意識を問題にしているのだ。人間はみなほかの動物や植物の命を奪わずには一日も生きてゆけない、根源的な罪（業）を抱えた悪人である。ならば自分の悪を見ぬふりをしている善人より、自分の抜きがたい悪に苦しんでいる悪人のほうが救済される。それは当然だろう。

親鸞や兼好の精緻な論理による人間批評は王朝時代にはなかったものであり、禅の思想に触れることによって誕生した新しい世界だった。いいかえれば禅は日本人に人間批評の論理と方法を提供した。

同じように王朝から中世へ、価値観と美意識の転換を可能にしたのも、王朝文化に対抗できる新しい基準を禅が差し出したからである。王朝にいて王朝を批評するのはむずかしい。紫式部も清少納言も王朝を表現することはできたが、批評することはできなかった。王朝を批評するには王朝と異なる新しい基準が必要である。この新しい基準となったのが禅だった。兼好はその基準に立って王朝を批評し、『枕草子』を批判しているのだ。

和歌の世界で『徒然草』の位置にあるのが『新古今集』だった。和歌の王道とされてきた『古今集』に対して、定家たちが『新古今集』の新しい歌を詠むことができたのは、禅の思想が王朝の和歌に対抗できる新しい和歌の基準を提示したからである。定家たちは王朝の和歌の本歌取りという形を借りながら、じつはこの新しい基準に立って、王朝の和歌を批評し、『古今集』を批判している。『新古今集』の「新」とは単に新しいという意味ではなく、『古今集』に対する批評、批判という意味なのである。

こうして王朝は禅によって批評され、そこから中世が誕生する。つまり中世とは王朝への批評にほかならない。

第六章　禅の一撃

1

言葉を切り結ぶ『新古今集』の歌を詠ませ、王朝を批評する『徒然草』を書かせた禅とはどのような思想なのか。

禅を言葉でいうのは難しい。なぜなら禅とは言葉とその論理への不信を根本に据える思想だからである。禅僧つまり禅の思想家たちは言葉では宇宙の真理をとらえられない、禅の用語でいえば言葉では悟れないと考えた。宇宙の真の姿は人類の誕生後、言葉によって覆い隠された言葉以前の世界、つまり言葉のヴェールの向こうにある。そこで禅では悟りのためには言葉より行動、坐禅などの修行を重んじる。「語らず、黙って坐れ」となるわけだ。

しかし人間の住む世界はいまや言葉でできている。そこで宇宙の真理を覆い隠す言葉のヴェールを剝ぐには言葉を使うしかない。言葉では宇宙の真理に到達できないが、人間には言葉しかない。言葉に対する相反する二つの志向に引き裂かれようとするとき、言葉はどうなるか。言葉はその論理的な脈絡を断たれて短い断片になるしかない。

こうして生まれたのが禅問答である。禅問答は言葉によって宇宙の真理に到達する、悟りの方法（方便）である。しかし論理的な脈絡を断たれているので修行者の問いと指導者の答えがちぐはぐになる。通常の論理的な思考では問いと答えをつなぐことができない。そこで修行者は論理的な思考を捨て、言葉を捨てて宇宙の真理と直面するしかない。禅問答とは言葉の限界を言葉によって知らせ、修行者を宇宙の真理に直面させるための言葉の仕掛けなのだ。

2

宋の黄庭堅《こうていけん》（一〇四五―一一〇五）と晦堂祖心《まいどう》（一〇二五―一一〇〇）の間で交わされた禅問答を紹介しておきたい。小川隆著『「禅の語録」導読』（二〇一六年）にある話である。ちなみにこの本は禅の思想と歴史について書かれた好著である。黄庭堅は詩人であり書家。蘇東坡《そとうば》（蘇軾、一〇三六―一一〇一）の年下の盟友だった。たしかに禅僧ではない。しかし禅僧ではない黄庭堅が禅僧と問答を交わしていること、これこそ禅が当時、宗教の域を超えて知識人（士大夫）から関心をもたれ、思想全体に影響を与えていた証でもある。

太史黄庭堅は、晦堂祖心禅師に師事し、径捷《けいしょう》の処、すなわち悟りへの最短の路の開示を乞

うた。祖心はいう、

「ふむ、孔子に「二三子《にさんし》、我を以って隠すと為すか。吾れ爾《なんじ》に隠すこと無し」(『論語』述而篇)という言葉がございますな。太史どのはこれをひごろ、どう解釈しておいでかな?」

だが、黄庭堅がそれに答えようとした刹那、祖心はすかさずさえぎった、

「ちがう! ちがう!」

黄庭堅は煩悶した。

その後、ある日のこと、黄庭堅は祖心について山歩きに出た。ちょうど木犀《もくせい》の花が今をさかりと咲きほこっている。祖心が問う、

「木犀の香をかがれましたかな」

「はい」

「吾れ爾に隠すこと無し」

黄庭堅は心がはらりとほどけ、すぐさま祖心に礼拝した。

「和尚がかくまで、老婆心切《ろうばしんせつ》をお尽くし下さっていましたとは……」

祖心は笑った。「いや、貴公がご自身の家に立ち帰る、ただそれだけのことだったのです」

ここで黄庭堅と晦堂祖心が交わしている問答はまさに禅問答である。端からみればチンプンカンプン。しかしいい話である。

私の解釈を交えながらたどると、黄庭堅が祖心に悟り、つまり言葉以前の宇宙の真理への近道（悟りの近道）を尋ねると、禅師は「私が何か隠しているとでも、あなたに何も隠してはいない」という孔子の言葉の解釈を問う。じつは禅師はここで「私は何も隠してませんよ」つまり「あなたは悟りをすでにご存じのはず」と答えているのだ。

ところが、それに気づかない黄庭堅が何か答えようとする。そこで祖心はその答えを聞かぬうちから「そうではない」とさえぎる。というのは黄庭堅が言葉で答えようとしたからだ。言葉以前の世界を言葉で説明できるはずがない。

後日、山歩きをしながら祖心が「木犀の香りをかぎましたか」と問う。黄庭堅が「はい」と答えると、祖心はふたたび先日の孔子の言葉を繰り返す。「吾れ爾に隠すこと無し」。これを聞いたとたん、突然、黄庭堅は悟る。祖心が伝えようとしていたことに気づくのだ。悟り、言葉以前の宇宙の真理は言葉でとらえることはできない。馥郁たる木犀の香りのようなもの。

そこで祖心がいう。「あなたが自分の家に帰っただけのことですよ」。黄庭堅ははじめから言葉以前の世界にいた。つまり悟っていた。それに気づいただけのことですよ。

どういうことかといえば、言葉以前の世界は言葉の誕生以前という過去にあったのではなく、その後もずっとそして未来永劫に言葉の向こうに存在する。言葉以前の世界は現前している。ただ言葉に覆われているので人間が気づかないだけなのだ。その言葉のヴェールに切れ目を入れて、言葉以前の世界に目覚めさせ、悟らせるのが問答である。

言葉以前の宇宙の真理は言葉でとらえることができない。黄庭堅が最初したように言葉でいおうとすれば、たちまち逃げられてしまう。ではどうすれば言葉以前の世界をとらえられるか、悟ることができるのか。言葉なしで体験する、ぐっと呑みこむしかない。これを禅では「鉄饅頭を食らう」とか「鉄饅頭を食らわせる」というらしい。鉄でできた饅頭は嚙まずに呑みこむしかない。黄庭堅は祖心が差し出した鉄饅頭をみごと呑みこんだというわけだ。

王朝の和歌は平安時代末期以降、南宋からもたらされたこの禅の思想にさらされつづけた。通常の言葉の論理では宇宙の真理に到達できないという禅の思想に直面し、和歌の言葉は切り刻まれて断片となり、別の言葉と連結される。その言葉と言葉の間の「空白の時空」にそれまでの和歌ではとらえられなかった新たな世界が姿を現すだろう。

こうして王朝の和歌はみずからの胎内に禅の思想を孕むことによって、新しい中世の和歌に生まれ変わった。それが『新古今集』であり定家の歌だったのだ。彼らの歌がしばしば禅問答風なのはそのためである。

ほととぎすその神山の旅枕ほのかたらひし空ぞ忘れぬ　　式子内親王

新古今的語法の例として前章で引いた式子内親王の歌を禅問答風に書けば次のようになる。

問　ほととぎすその神山の旅枕
答　ほのかたらひし空ぞ忘れぬ

言葉を切り結ぶ新古今的語法の歌は当時「達磨歌《だるま》」と呼ばれた。達磨は中国へ禅を伝えた人であるから、「達磨歌」とは禅的歌ということであり、禅問答のようにチンプンカンプンの歌ということである。それは滅びつつある王朝風の歌を墨守する伝統的な歌人たちが定家らの歌を新しもの好き、中国かぶれの歌とからかい、蔑む蔑称だったが、同時に定家ら自身が自分たちの歌を呼ぶ誇りの自称でもあった。新古今的語法の歌は禅の一撃によって誕生し、定家らはそれを十分意識し、誇りにさえ思っていたということだろう。

3

和歌の王道をゆく『古今集』の歌は禅の思想を受容することによって言葉を切り結び、新古今的語法の歌に生まれ変わった。しかし禅が日本の詩歌に与えた影響は和歌の内部における変容だけではなかった。詩歌の形式も変えてゆくことになる。

日本の詩歌は発生したときから、五拍と七拍の組み合わせの形をとっていた。日本語で書かれた最初の詩歌は何か。『古事記』（七一二年）には天照大御神の両親、伊邪那岐命《いざなきのみこと》と伊邪那美命《いざなみのみこと》が天《あめ》の浮橋《うきはし》から淤能碁呂島《おのごろじま》に降り立って「国土産み」をするとき、ある問答を交わしたとある。

爾《しか》くして、伊邪那岐命の詔《のりたま》ひしく、「然らば、吾と汝と、是の天《あめ》の御柱《みはしら》を行き廻り逢ひて、みとのまぐはひを為《せ》む」とのりたまひき。如此《かく》期《ちぎ》りて、乃ち詔ひしく、「汝は、右より廻り逢へ。我は、左より廻り逢はむ」とのりたまひき。約《ちぎ》り竟《おわ》りて廻りし時に、伊邪那美命の先づ言はく、「あなにやし、えをとこを」といひ、後に伊邪那岐命の言ひしく、「あなにやし、えをとめを」といひき。

二神は約束をして天《あめ》の御柱《みはしら》を反対方向にめぐって出会ったとき、まずイザナミが「なんてすてきな若者かしら！」といい、次いでイザナギが「なんて、愛らしい乙女だろう！」といったというのだ。

あなにやし、えをとこを　伊邪那美命
あなにやし、えをとめを　伊邪那岐命

このやりとりにはその後、展開する日本の詩歌の重要な三つの性格がすでに備わっている。第一に問答であったこと。日本語の最初の詩は一人の独白ではなく二人の問答だった。しかもそれは恋の問答だった。このことは日本の詩歌が根本的に子孫繁栄、五穀豊穣の願いであることをうかがわせる。

第二にその恋の問答ではじめに声をかけるのは女のイザナミだったということ。男のイザナギはあとから答えている。ところが『古事記』のつづきを読むと、この女、男という順番では問題が生じたので男、女と順番を入れ替えて、やり直したと書かれているが、これは後世の修正だろう。つまり日本の社会はもともと女中心の母権社会であったということだ。しかし早い時期、少なくとも『古事記』が成立するまでに大陸の父権的な考え方が広まりはじめていたということではないか。

第三にイザナミ、イザナギどちらの言葉も五・五のリズムを刻んでいる。これは五拍と七拍からなる日本語の詩歌の中でもっとも短い繰り返しのリズムである。

神々の時代が去って人間の時代になると、人間同士で短い歌の問答が交わされるようになる。『古事記』に記された倭建《やまとたけるのみこと》命と御火焼《おひたき》の老人の問答がそれである。

新治《にいばり》　筑波を過ぎて幾夜か寝つる　　倭建命
日々並《かがな》べて　夜には九夜　日には十日を　　御火焼の老人

ヤマトタケルは兄を殺害したために父の景行天皇から疎まれ、各地の反抗的な部族の征伐に派遣される。まず九州、次いで出雲、そして東国。この問答は東国征伐の途上、いくつもの試練を超えてたどりついた甲斐の酒折の宮で交わされた。若い皇子は篝火を焚く警護の老人に問いかける。新治、筑波（どちらも今の茨城県内）を過ぎて幾夜寝たろうか。この歌には遥かな旅路を省みる皇子の放心と鬱屈が漂っている。それに老人が答える。いやはや日数が重なって九夜十日にもなります。

どちらも五・七・七拍である。ヤマトタケルの初句「新治」は四音しかないが、これを五拍で唱える。二人の歌を合わせると五・七・七／五・七・七となる。これが旋頭歌《せどうか》であり、日本の詩歌の母型となった問答の詩型である。

もともとは二人で掛け合った旋頭歌を、時代がくだると一人で詠むようになる。だが一人で詠んでも問答性が失われるわけではない。それは自問自答などというより、一人の詠み手が別の二人に成り代わって詠み合う、つまり自分の中に二人の人物を宿らせて詠み合わせるのだ。ちなみに柿本人麻呂の一族は旋頭歌をお家芸にしていた。

新室《にいむろ》の　壁草刈りに　いましたまはね
草のごと　寄り合ふ娘子《おとめ》は　君がまにまに

柿本人麻呂歌集

女が男を誘う。新居の壁にする草を刈りにいらっしゃいな。それに男が答える。その草のようになびく乙女（あなた）は「君がまにまに」、俺の思いのままになるというのかい。きっと宴の余興として注文された歌だろう。柿本一族の女と男が歌い合ったにちがいない。

日本の原初の詩歌にすでに刻印された問答性とそれが五拍と七拍からなること。その淵源を求めて時をさかのぼれば、この島国に南の島伝いに、あるいは大陸から海を越えて舟で渡ってきた人々の舟歌にたどりつくだろう。舟に乗りこんだ男たち女たちで掛け合ったのだろう。舟で渡ってきた人々がやがて陸に定住し、村を作り国を作っても舟歌の問答性と五拍、七拍のリズムは受け継がれ、やがて五・七・五・七・七の宮廷の和歌となった。王朝時代の和歌が男女間の相聞のように一貫して贈り答えるものであったのは舟歌が問答であった名残りだろう。

平安時代末期以降、宋ついで南宋から流れこんだ禅の思想が和歌のもつこの問答性をさらに活性化させることになる。真理は言葉でつかめないが、人間は言葉を使うしかないと禅の思想は考える。このため禅の言葉は短い断片による問答とならざるをえなかった。

この禅の言葉を真似るかのように和歌はさらに短かい詩型へと進化し、かつ問答性を高めてゆく。そして中世に入ると、いわば連衆の問答である連歌が知的階級で流行し、それが俳諧の連歌となり、その発句が独立して俳句が誕生する。俳句は禅にはじまる新古今的語法が行き着いた最終詩型、最小の一単位なのだ。

春の夜の夢の浮橋とだえして峰に別るる横雲の空　　藤原定家

定家のこの歌にしても上の句と下の句を分けて書けばすでに連歌である。

春の夜の夢の浮橋とだえして
　峰に別るる横雲の空

定家のこの歌はまず「春の夜の夢の浮橋とだえして」と謎をかけ、それに対して「峰に別るる横雲の空」と答えている。いわば一首の中で禅問答をしているのだ。

定家は万葉時代以降の歌人百人から一首ずつ、いわゆる『小倉百人一首』を選んだ。それは大航海時代にヨーロッパから伝来したカードと合体してカルタになった。読み札の歌が読み上げられるのを聞いて歌の下の句（七・七）が書かれた取り札をとる遊びである。それができるのも和歌がもともと上の句と下の句で問答になっているからである。

俳諧の連歌から生まれた俳句も、取り合わせ〈a＋b〉の場合、一句の中に問答をみることができる。

古池や蛙飛こむ水のおと　芭蕉

古池の句は現実の世界で「蛙飛こむ水のおと」を聞いて、心の中に古池を思い浮かべた句だった。それを形にすれば、

蛙飛こむ水のおと
古池や

ここでも「蛙飛こむ水のおと」という謎かけに対して「古池や」と答えている。それはチンプンカンプンの禅問答であり、定家風の達磨歌なのだ。なぜ古池が芭蕉の心に浮かんだのか、言葉で説明しようとしてもできない。その「蛙飛こむ水のおと」と「古池や」の間の「間」を鉄饅頭のように呑みこまねばならない。

芭蕉は隠棲した深川で日本幻住派の仏頂《ぶっちょう》和尚に禅を学んだ（一六八〇年）。日本幻住派は宋の禅宗の一派、幻住派が日本に伝わったものである。芭蕉は禅の本流に浴していた。仏頂和尚と出会って六年後、芭蕉は古池の句を詠むことになる。のちに『笈の小文』（一六八八年）にこう書いている。

西行の和哥《わか》における、宗祇の連哥《れんが》における、雪舟の絵における、利休が茶における、其《その》貫道する物は一《いっ》なり。

芭蕉がここに挙げている西行の和歌、宗祇の連歌、雪舟の絵、利休の茶はみな中世に禅の一撃によって生まれたものである。「其貫道する物は一なり」、それを貫く一なるものとは禅にほかならない。芭蕉は芭蕉の俳諧もそうであるといいたいのだ。

4

第一次世界大戦（一九一四—一八）で廃墟となったヨーロッパで湧き起こったシュルレアリスム（超現実主義）の全体像をとらえるのは難しい。理由の一つはアンドレ・ブルトン（一八九六—一九六六）が一九二四年に『シュルレアリスム宣言』を発表して以来、シュルレアリスムとは文学、美術だけでなくさまざまな分野の考え方の異なるさまざまな人が参加しては脱落していった変容する運動体だったからである。

しかし、より根本的な理由はシュルレアリスムが言葉によって言葉の向こうの世界をとらえるという矛盾した情熱に突き動かされていたからだろう。シュルレアリスムは「超現実主義」と訳されるが、その超えるべき「現実」は単なる現実ではなく既存の言葉とその論理によって覆われた現実をさしている。そしてその現実を超えるには言葉によるしかなかった。なぜなら世界は言葉でできているからである。

太古の昔から人類が築いてきたこの現実の世界、ヨーロッパ人たちがその頂点と自負していた十八世紀以来の近代ヨーロッパの理性、それが最終的に行き着いたところが第一次世界大戦で惨憺たる廃墟と化したヨーロッパだった。新しい世界を創り上げるには根底から、人間の理性の根拠である言葉とその論理をいったん破壊して新たに組み上げるしかない。なぜなら世界は言葉でできているからである。それはさまざまな分野のシュルレアリストたちの共通の認識であり出発点だったろう。たしかにシュルレアリスムは変容しつづけるアメーバだったが、アメーバの核はそこにあった。

この点、シュルレアリスムは文学や美術だけの独占物ではない。ヨーロッパの再生、いや人類が生きる新しい世界の創造をめざす革命的な思想であり運動だったのだ。それゆえにやがて一つの挫折を経験することになる。第一次世界大戦の廃墟から新しい世界を創造することをめざしていたにもかかわらず、ブルトンの『シュルレアリスム宣言』からわずか十五年後、世界はふたたび第二次世界大戦（一九三九―四五）に突入するからである。

しかし、この二度目の破局によってシュルレアリスムの核心にあった「言葉とその論理をいったん破壊して新たに組み上げる」という精神が水泡に帰したのではない。ブルトンの『シュルレアリスム宣言』がフランスで発表されると、この運動はヨーロッパだけでなく世界中へ、アメリカへロシアへ日本へ飛び火し、種子を撒き散らした。それは世界中にシュルレアリスムの精神を宿す土壌がすでに広がっていたということでもあるだろう。少なくとも東アジアでは千年も昔から禅の思想によって土壌が耕されてきた。

言葉では真理に到達できないが、言葉しかない、という禅の思想がシュルレアリスムと時空を異にした双子であることは明らかだろう。シュルレアリスムが実践的な方法とした自動記述（オートマティスム）をみれば、その類似がもっとはっきりする。

人間は通常、明確な意図をもって文章や詩歌を書く。それを意識ではなく無意識に任せようというのが自動記述である。無意識に任せることによって、言葉は論理の鎖から解放されて自由に（言葉自身の意志で！）結びつく。そこに言葉の論理で覆われた現実の世界を超えて、新しい世界が出現するはずだ。シュルレアリストたちは自分自身を離れて空白の時空に遊ぼうとした。つまりぽーっとしようとした。ぽーっとすることで言語以前の世界を垣間見ようとしたのである。

このシュルレアリストたちの企ては禅問答、そこから次々に誕生した新古今的語法、連句、そして俳句の取り合わせ〈a＋b〉と驚くばかりによく似ている。シュルレアリスムも禅もそれから生まれた新古今的語法も俳句も、はるか昔、人類が言葉を獲得したことによって失われた永遠の静寂を懐かしむ人類の郷愁が姿を現わしたものなのだ。

シュルレアリスムの優れた理解者だった大岡信は『詩人の設計図』（一九五八年）の「自動記述の諸相」の最後に（註）として次の事例を紹介している。

（註）シュルレアリストのグループはしばしば集って、一枚の紙につぎつぎに一語、ある

いは一本の線を記しながら、この紙片を一同に廻す遊びをした。この遊びは、いわば集団的な無意識の探究といったもので、次々に書き加えられる言葉や線によって、きわめて異常なイマージュやデッサンが作りあげられた。かれらが試みたこの遊びで最初に得られた章句の冒頭の一句は「美妙な——屍体は——新しい酒を飲むだろう」というものだった。この遊びはこの記念すべき一句をとって〈美妙な屍体〉と名づけられた。

ここに書かれている「一枚の紙につぎつぎに一語、あるいは一本の線を記しながら、この紙片を一同に廻す遊び」とは本来、一人で実践すべき自動記述を複数でやっているということである。そしてそれは連句にほかならない。

連句を巻く連衆は一句つけるごとに主体の転換を体験する。それは連句がシュルレアリストが探求した無意識を、他人という明確な形にしてとりこむ詩型であるということだ。シュルレアリストが自動記述によって無意識を招き入れようとしたように、連句の連衆は一句つけるごとに他人という無意識と出会うことになる。西洋の詩人たちが確固たる主体にとらわれるあまりみずから封印しつづけてきた無意識、そこで起こる主体の転換を、連句の連衆は新たに句をつけるごとに日常的に実現してきたということになる。

大岡がシュルレアリスムの感染者とならず、優れた理解者になれたのは禅が生み出した新古今的語法、そこから誕生した連句の存在をすでに知っていたからである。ヨーロッパのシュルレアリスムだけを見るのではなく、東西の言葉と詩歌の歴史を俯瞰していたからにほかならない。一世代上の詩人たちがシュルレアリスムという熱病に感染し、誤解して安易にシュルレアリストを自称したのに対して、大岡が冷静に動じなかったのは「シュルレアリスムだって？『新古今集』で体験ずみじゃないか」と心の中で嘯《うそぶ》いていたからだろう。

ここで大岡の二十代の詩「春のために」（『記憶と現在』所収、一九五六年刊）を引用したい。

春のために

砂浜にまどろむ春を掘りおこし
おまえはそれで髪を飾る　おまえは笑う
波紋のように空に散る笑いの泡立ち
海は静かに草色の陽を温めている

おまえの手をぼくの手に
おまえのつぶてをぼくの空に　ああ
今日の空の底を流れる花びらの影

ぼくらの腕に萌え出《で》る新芽
ぼくらの視野の中心に
しぶきをあげて廻転する金の太陽
ぼくら　湖であり樹木であり
芝生の上の木洩れ日であり
木洩れ日のおどるおまえの髪の段丘である
ぼくら

新らしい風の中でドアが開かれ
緑の影とぼくらとを呼ぶ夥しい手
道は柔らかい地の肌の上になまなましく
泉の中でおまえの腕は輝いている
そしてぼくらの睫毛の下には陽を浴びて
静かに成熟しはじめる
海と果実

「海は静かに草色の陽を温めている」。「春のために」はシュルレアリスムの一つの成熟であるとしばしば指摘される。しかし、この詩はシュルレアリスム以前に新古今的なのだ。

大岡は四十代から安東次男、丸谷才一と歌仙を巻きはじめる。やがて連句に想を得た「連詩」に内外の詩人たちと取り組むようになった。画家の菅井《すがい》汲《くみ》(一九一九―九六)と長大な紙に詩と絵を次々に書き(描き)合って《一時間半の遭遇》(一九八三年)を制作した。シュルレアリストたちの〈美妙な屍体〉に倣ったのかもしれない。しかし大岡の意識の中でそれは何よりも画家との連句の付け合いであり、詩と絵による一巻の歌仙にほかならなかった。

第七章　近代俳人、一茶

1

一茶（一七六三―一八二八）はこれまで同じ江戸時代の芭蕉（一六四四―九四）や蕪村（一七一六―八四）より格下の俳人とみられてきた。理由の一つは「子ども向けの俳人」というものである。

我と来て遊べや親のない雀
瘦蛙まけるな一茶是《これ》に有《あり》
雀の子そこのけ〳〵御馬が通る
やれ打《うつ》な蠅が手をすり足をする

このようなよく知られる句をあげて、いままで「子ども向けの俳人」と軽んじてきたのだ。もう一つの理由は「ひねくれ者の俳人」というものである。

夕桜家ある人はとくかへる
古郷《ふるさと》やよるも障《さはる》も茨の花
いざいなん江戸は涼みもむつかしき
ひいき目に見てさへ寒し影法師

一茶の人生をみれば、ひねくれるだけの条件は十分備えている。一茶は宝暦十三年（一七六三年）、北信濃柏原の自作農の家に生まれた。数え三歳（満二歳）で母を失う。父はやがて後添えを迎えて弟が生まれる。一茶は継母、腹違いの弟とうまくゆかず、十五歳で江戸に奉公に出される。以来三十五年の他郷暮らし。

三十九歳のときに父が亡くなってから十二年にわたって弟と遺産相続問題で争うことになる。相続問題がやっと決着して郷里の北信濃に帰ったのは五十歳の冬だった。帰郷後、三人の女性と結婚して四人の子が生まれるが、みな幼くして次々に亡くなる。文政十年（一八二七年）、柏原の大火で弟から勝ちとった家を焼かれる。その年の冬、焼け残った土蔵で三人目の妻に看取られて亡くなった。享年六十五。ちなみに翌年、遺された妻に女の子が生まれ、明治五年（一八七二年）まで生きた。

苦難つづきの人生である。しかし「子ども向け」「ひねくれ者」という世間の評判は一茶に対する正当な評価なのか。

視点を変えれば、「子ども向け」とは子どもにもわかる、いいかえれば誰にでもわかるということである。なぜなら一茶の句はすべて日常の言葉で書かれているからである。「ひねくれ者」とは人間の心理がありありと表現されているということにほかならない。

古典主義の時代の芭蕉や蕪村の俳句には『源氏物語』や西行の歌をはじめ王朝、中世の古典文学がちりばめられているので、古典を学んだ人でなければわからない。また心理描写も古典文学の型を踏まえていた。これに対して一茶の句は日常のふつうの言葉で書かれ、生身の人間の心を描き出す。

日常語の使用と個人の心理描写。この二つは近代文学の条件でもある。一茶の俳句はそれを備えている。いいかえれば一茶の俳句は芭蕉や蕪村の古典主義俳句を脱して、すでに近代俳句だったということだろう。

それればかりではない。弟を相手にした相続争いにうかがえるとおり一茶の考え方はすでに近代人のものだった。

おらが世やそこらの草も餅になる　　一茶
おらが世は臼《うす》の谺《こだま》ぞ夜の雪

目出度《めでた》さもちう位也《くらいなり》おらが春

一茶は自分を中心に考える一人の利己的な近代市民だった。一茶がしばしば使った「おらが春」という言葉は何よりもそれを象徴している。「おらが春」の「おら」は「おのれ」であり、公を表わす「世」に対する言葉である。一茶にとっては「世の春」などより「おらが春」を謳歌することこそ大事だったのだ。

貴族や武士が少なくとも表向きは公の人であったのに対して、市民は自分と家族のことだけを考えていればいい私人である。この無数の市民のわがままな欲望が集まって、アダム・スミスの言葉を借りれば「見えざる手」の導きによって社会は繁栄へ向かうというのが近代市民社会を支える基本的な考え方である。

一茶の自分中心の考え方はこの近代市民の考え方にほかならない。古典主義時代の芭蕉や蕪村とは明らかに異なる俳人がここに出現していた。日本の近代は明治からと思われているが、一茶が生きた江戸時代半ば、古典主義時代が終わって新しい近代がすでにはじまっていた。そして一茶は最初の近代俳人だった。

江戸時代という時代区分に邪魔されて、一茶の生きた時代と一茶の実像を見誤ってきたのではないか。

2

一口に江戸時代といっても前半と後半で大いに異なる。第二章でみたように前半は長い内乱によって滅びかけた王朝、中世の古典復興（ルネサンス）をめざす古典主義の時代だった。文化の担い手も古典を学んだ教養人たちだった。

ところが天明の大飢饉（一七八二—八八）の直後に訪れた十一代将軍徳川家斉の治世、五十年近くつづいた大御所時代（一七八七—一八四一）から様相が一変する。幕府財政はすでに傾いているのに、家斉の「贅沢な生活」という財政緩和によって貨幣経済が江戸、大坂、京などの大都市ばかりでなく農村にまで浸透し、それによって大衆社会が出現する。

このとき、近代がはじまったと考えなければならない。なぜなら「大衆化」こそ近代の指標だからである。それは政治をみれば明らかだろう。西洋では十八世紀後半のアメリカ独立戦争（一七七五—八三）、フランス革命（一七八九—九九）という二つの市民革命によって絶対王政を排し、近代民主政治がはじまった。これは政治に参画する主権者が王や貴族などの特権階級から市民階級（ブルジョアジー）にまで拡大したということであり、政治の近代化とは、とりもなおさず政治の大衆化のことだった。政治にかぎらず、ほかの分野も同じである。

日本の場合、これまで明治維新を近代の出発点とし、明治政府が推進した西洋化を近代化の指標としてきた。しかし西洋化が近代の指標ならば西洋にとっての近代化も西洋化だったのかというおかしなことになる。これだけみても明らかなとおり西洋化は近代の指標ではない。西洋にとっても日本にとっても、あるいはほかの国々にとっても近代化とは大衆化にほかならない。日本の場合、近代は江戸時代半ばの大御所時代にすでにはじまっていた。そして明治維新とはほかの分野に遅れて起こった政治体制の近代化にすぎなかった。

では俳句にとって近代はどのような時代だったのか。

古典主義時代、俳句をするのは古典の知識のある教養人たちだったが、近代大衆社会が出現すると、古典を知らない人々も俳句をするようになる。そうなると芭蕉のように古典を踏まえた俳句はもはや通用しなくなり、日常の言葉で俳句も詠まれるようになる。

この時代の要請にもっともよく応えたのが一茶だった。一茶は北信濃の農家の生まれ、古典文学とは初めから無縁の人だった。だからこそ大衆文化時代の、いわば新しい型の俳人となることができた。皮肉なことに古典文学の教養の欠落が幸運にも新しい時代が求める資質となったのである。

近代大衆俳句という新たな視点に立って読み直すと、一茶の句は古い衣を脱ぎ捨て、名句となって次々に目の前に姿を現わす。

しづかさや湖水の底の雲のみね

天に雲雀《ひばり》人間海にあそぶ日ぞ

天広く地ひろく秋もゆく秋ぞ
白魚のどつと生《うま》るゝおぼろ哉
涼風の曲りくねつて来たりけり
手にとれば歩《あるき》たく成る扇哉
大螢ゆらり〳〵と通りけり

一茶の句の特色はまず古典文学に頼らず、誰にでもわかる日常の言葉で書かれていること、次に作者の気持ちが生き生きと、ときに生々しく描かれることである。この二つは俳句にかぎらず近代文学が備えるべき条件である。

父ありて明《あけ》ぼの見たし青田原
露の世は露の世ながらさりながら
花の陰寝まじ未来が恐しき

一句目は一茶が父を失ったときの句、二句目は四歳の娘を亡くしたときの句である。三句目の「未来」は死後の来世のこと。一茶には珍しく古典を踏まえているのだが、それは誰でも知っている西行の歌、

ねがはくは花の下にて春死なんそのきさらぎのもち月の頃

西行は桜の花の下で死にたいなどと歌っているが、一茶は花の下でまどろむのもイヤだ、死後、碌でもないものに生まれ変わった自分の姿が夢に見えでもしたらゾッとするというのだ。「花の陰」の句は一茶が亡くなる年、六十五歳の春の句である。西行でも芭蕉でもない。ここには未来（来世）などともかく現在（現世）こそすべてと考える近代人の一茶がいる。一茶は「チョンマゲの近代市民」だったのだ。晩年の肖像を見ると、髪はとうに抜け落ち、宗匠頭巾を被っているけれども。

3

江戸時代半ばの大御所時代に日本の近代がはじまり、一茶が近代俳人の最初の人であるとなると、従来の一茶像の洗い直しが迫られるだけでなく、一茶の前後の俳句史も変わらざるをえない。まず芭蕉や蕪村が古典主義の俳人であったことが鮮明になる。

次に一茶にはじまる近代大衆俳句が現代までつづいていることが明確になる。そうなると正岡子規はこれまでいわれてきたような近代俳句の創始者ではなく、一茶からつづく近代大衆俳句の中継者として位置づけられるだろう。

さらに一茶の洗い直しの影響は俳句のみに留まらない。明治維新から六十年たって昭和に入ると、さまざまな分野で「近代の超克」が唱えられるようになる。文学では戦前の保田與重郎（一九一〇―八一）と日本浪曼派、戦後の三島由紀夫（一九二五―七〇）を考えればいい。彼らは超えるべき日本の近代を明治以降の西洋化の時代と誤ったために一様に排外的な（尊皇攘夷的な）国粋主義に陥った。

宮沢賢治（一八九六―一九三三）も立原道造（一九一四―三九）もその短い生涯の晩年は日本浪曼派的思考に傾いていった。立原の日本浪曼派への傾斜を、二十代半ばの大岡信は「立原道造論さまよいと決意」（一九五七年、『詩人の設計図』所収）の中で「かれの敗北」と断罪する。賢治は昭和八年に三十七歳で、立原は昭和十四年に二十四歳で早世した。昭和十二年（一九三七）に日中戦争、十六年（一九四一）に太平洋戦争がはじまった。幸いにも二人の場合、早すぎた死が最後の一線を越えることから救ったことになる。

保田も三島ももし近代を大衆化の時代ととらえていたら事態はまったく違ったものになっていたにちがいない。西洋化をどう克服するかではなく、際限なく進む大衆化にどう対応するかを問題にしていたはずである。

4

正岡子規（一八六七―一九〇二）はこれまで近代俳句の創始者と考えられてきた。しかし、近代俳句は江戸時代半ばの一茶にはじまっているなら、子規は近代俳句の中継者だったということになる。

我宿にはいりさう也昇る月
手の内に蛍つめたき光かな
柿くへば鐘が鳴るなり法隆寺
枝豆ヤ三寸飛ンデ口ニ入ル
雞頭《けいとう》の十四五本もありぬべし

子規の俳句は誰にでもわかる。子規は明治の新しいメディアとして登場した新聞を活動の場とした。新聞の読者は大衆であるから誰にでもわかる俳句でなければ載せる意味がない。仮に芭蕉の句のような古典を踏まえた古典主義の俳句を新聞に発表しても誰もわからないだろう。

また子規の句は人間の心情を描く。

春雨のわれまぼろしに近き身ぞ
いくたびも雪の深さを尋ねけり
初暦五月の中《うち》に死ぬ日あり
病床の我に露ちる思ひあり
糸瓜《へちま》咲て痰《たん》のつまりし仏かな

どの句も脊椎カリエスのため六尺の病床に縛りつけられた子規の無念の思いをありありと映し出す。

わかりやすさと心理描写。この二つは近代文学の条件だった。そしてそれを備えた近代大衆俳句は子規になってはじめて生まれたのではなく、一茶の時代にすでに誕生していた。子規は一茶からつづく俳句の大衆化の流れの中で句を作っていたのである。子規は「近代俳句の創始者」の栄誉を一茶に譲らなければならないだろう。

では子規は近代大衆俳句の単なる中継者にすぎないかといえば、それもまた誤りだろう。むしろ重大な役割を担っていた。「写生」という近代大衆俳句の方法をはじめて提示したことである。

写生は西洋絵画のデッサン（描写）に想を得て、子規が見出した俳句の新しい方法だった。それは画家が絵を描くように目の前にあるものを言葉で写すということに尽きる。晩年、子規は写生を俳句だけでなく文章や短歌にも応用してゆく。

芭蕉や蕪村の古典主義の時代、俳句は古典を知らなければ作ることも味わうこともできなかった。江戸時代半ばの大御所時代、近代大衆社会が誕生すると、古典をまったく知らない人々まで俳句を作り鑑賞するようになった。この時代の一茶は古典など引用せず、日常のふつうの言葉で誰でもわかる俳句を作ったために時の人となった。

しかしそれは一茶の才能に依る、いわば個人技だった。誰でも使える明確な方法を一茶がもっていたわけではない。このため一茶が世を去ると、俳句はふたたび古典主義俳句の模倣、いわば似非古典主義へと後退してしまう。似非古典主義の俳句とは時代はすでに大衆化が進み、近代に入っているにもかかわらず、それを無視して芭蕉の時代の古典主義俳句を模倣しつづけた俳句のことである。子規が「月並俳句」と攻撃した天保時代（一八三一―四五）以降の俳句がまさにそれだった。

こうした停滞がつづくなか、明治になって子規が提唱したのが写生だった。それは目の前にあるものを言葉にしさえすれば誰でも俳句ができるという、近代大衆俳句が待ち望んでいた俳句の方法だった。それまで月並俳句が寄りかかっていた古典に頼らないどころか、むしろ積極的に古典を排除しようとした。子規は近代大衆社会の新しいメディアである新聞を舞台に読者大衆に写生俳句を広めてゆく。こうして子規の写生は近代大衆俳句の立て看板になる。

しかしながら子規の写生にはある重大な欠陥が潜んでいたといわなければならない。写生が目の前にあるものを言葉で描くことなら、それは凝視と集中を要求する。裏を返せば詩歌の源泉である心を遊ばせること、ぽーっとすることを否定するものだからである。

子規はこの欠陥が姿を現わす前にこの世を去る。写生という方法が孕むこの問題に直面し、その修正を迫られたのは子規の後継者の高浜虚子（一八七四―一九五九）だった。虚子の問題はあらためて考えたい。

5

明治がはじまり、子規が生きた十九世紀はリアリズムの時代だった。リアリズムは直訳すれば現実主義、美術や文学では写実主義と訳す。それは十九世紀のヨーロッパで起こり、帝国主義の軍艦と商船に積みこまれてアメリカへアジアへアフリカへ、世界中へ拡散していった。

十九世紀半ば、列強の圧力に抗しかね、二百年間つづいた鎖国政策を捨てて開国した日本は、昼寝中に無理やり揺り起こされ、戦場へ駆り出された人のように帝国主義が猛威をふるう世界の現実に直面しなければならなかった。明治政府は国家の存亡を賭けて日本を欧米の列強なみの国に改造する方針を定め、国内のあらゆる分野で西洋化を推進した。美術や文学では西洋のリアリズムを採用する。俳句におけるリアリズムつまり写実主義、これが子規が提唱した写生だった。

ここでリアリズムについて考えておくべきことがある。

まず本場ヨーロッパ文学のリアリズムと子規が考えたリアリズムの違いについて。ヨーロッパのリアリズムは現実を直視し、内実を分析してありありと（リアルに）描くことだった。リアリズム、現実主義の「現実」とは人間や社会の現実であり、その外見のみならず精神も対象にしていた。というより、そのほうに重心があった。いうまでもなく文学の最大関心事は人間の心の動きであり、姿や顔などの外見はそれに付随し、補足するものにすぎないからである。

ところが子規が提唱した写生という方法は対象を眼前のもの、しかも外見を描くことに限定し、精神を無視した。これは西洋のリアリズムをお手軽なものに矮小化したということである。明治時代、西洋化を急ぐあまり西洋文明の上っ面だけの模倣が俳句にかぎらず、いたるところで起きていた。

ヨーロッパ文学のリアリズムと子規の写生のもう一つの違いは、ヨーロッパ文学のリアリズムは現実をありありと描くための言葉の使い方、いわゆる修辞を重視するのに対して、子規はこれを意に介しなかった。子規の写生ではあくまで描く対象に重心があり、それをありのまま、つまり修辞を意識せず無技巧に描けば俳句ができると教えた。なぜならばヨーロッパ文学と違って、日本の俳句のほうが作ろうとする人口がはるかに多い大衆文学だったからである。厖大な俳句大衆に修辞の必要を説くのは門前払いを食わせるようなものである。

しかし子規が説いた写生という方法にしたがって眼前のものをそのまま描くだけでは俳句はできない。それが不可能なことは俳句を少しやってみれば誰でもすぐ気がつく。ガラクタを描いたガラクタのようなガラクタ俳句ができるだけである。

言葉は「人の心を種として」（『古今集』仮名序）、つまり言の葉は人の心という種から生じた樹木に生い茂るという紀貫之の名言を待つまでもなく、言葉は心に発し、心に届くものだからである。俳句が誕生するには凝視と集中ではなく、想像力（イマジネーション）の働き、ぽーっと心を遊ばせる放心こそ必要なのだ。子規は写生を唱えたとき、この想像力という言葉の力を完全に度外視していた。

6

リアリズムについて考えておくべき、もう一つはまさに言葉の想像力との関係である。想像というと空想、絵空事と思われがちだが、言葉の想像力とは言葉の奥に眠る言葉の力のことである。では言葉の奥に眠る想像力とは何か。たしかに言葉には「意味」がある。そして人間は言葉の意味を論理的につないで会話を交わし、文章をつづることによって社会で生きている。

しかし言葉は意味だけでできているのではない。言葉には意味のほかに風味というものが潜んでいる。言葉は氷山のようなものと考えればいい。意識の海面上に現れているのは意味である。これが言葉のすべてと思っていると、意識の海面下にもっと大きな風味が隠れている。

たとえば「バカ！」といえば、ののしっているのである。しかし仲のいい夫婦や友人の間で「バカだなあ」といえば親愛の表現である。これが言葉の風味である。人間は言葉の意味だけでなく風味をわかっていないと社会で生きてゆけない。そして詩歌にとっては言葉の意味より風味のほうがはるかに大事なのだ。

桜という言葉は桜という特定の植物を意味している。これが桜という言葉の意味である。しかし桜という言葉は植物の桜を指示するだけでなく、桜という言葉がこれまで遭遇し、記憶したさまざまなできごとを内蔵している。これが桜という言葉の風味である。桜という言葉の奥に降り積もり、桜という言葉の風味を醸し出すさまざまな記憶がときおり目覚める。次の芭蕉の句がそれをよく表現している。

さま〴〵の事おもひ出す桜かな　　芭蕉

桜という言葉は桜という植物を指し示すだけでない。桜にまつわるさまざまな記憶を花吹雪のように蘇らせる。これが言葉の想像力というものである。俳句、短歌、詩などの詩歌はこの言葉の想像力が織り出す想像力の賜物なのだ。

ではリアリズムは言葉の想像力とどう関わっているのか。子規は想像を排して眼前にあるものを言葉で描く、それが写生であると説いた。そこでは想像力とリアリズムは対立する選択肢と考えられていた。

しかし詩歌の歴史を振り返れば、言葉はリアリズムが登場するはるか以前、その誕生のときから眼前のものばかりでなくさまざまなものを描く力を備えていた。子規が写生の先例として『万葉集』の歌や凡兆（?—一七一四）や蕪村の俳句を引き合いに出すことができたのは、それらの和歌や俳句がもともと言葉のもつ描写の力を備えているからである。子規は言葉が本来もつ描写の力を「写生」と名づけただけのことではなかったか。

こうしてみると、言葉の想像力を表現する方法の一つとしてリアリズムという方法があることがわかる。リアリズムだけが想像力の表現方法ではないということである。想像力とリアリズムは子規が考えたように二者択一の対等な両極ではなく、リアリズムつまり写生は言葉の想像力の表現方法の一つ、つまり想像力のしもべにすぎない。

第八章　古典主義俳句の光芒

1

日本最初の近代俳人は一茶（一七六三―一八二八）か、それとも蕪村（一七一六―八四）か。前章では日本の近代は明治維新を待たず、江戸時代半ばの一茶の時代にはじまっていたと書いたが、それよりさらに半世紀早く蕪村の時代に日本の近代がはじまっていたとする考え方もある。それは蕪村は古典主義の最後の俳人とみるべきか、それとも最初の近代俳人かという問題である。

二〇一七年の秋、北陸の名山、白山の麓にある僻村塾《へきそんじゅく》で小説家の辻原登と俳句をめぐって対談した。題して「古池から淀川へ」。池澤夏樹個人編集「日本文学全集」第十二巻『芭蕉・蕪村・一茶集』の蕪村を辻原、一茶を私が担当し、それぞれ「夜半亭饗宴」「新しい一茶」を書いた。その縁である。辻原の「夜半亭饗宴」の最後を締めくくるのは蕪村の「春風馬堤曲」評釈なのだが、これが目も覚めるように艶やかな「春風馬堤曲」論であり、蕪村論である。

「春風馬堤曲」とは何か。大坂に奉公に出た若い女が初春（旧暦）の藪入り（里帰り）に毛馬堤《けまづつみ》

（淀川の堤）をたどって郷里の母のもとへ向かう。その道行を蕪村が女に成り代わり、十八篇の小節をつないでつづった詩篇である。

江戸時代の淀川は毛馬から南へ流れて大坂（浪花）で海に注いでいた。その名残が現在の大川である。毛馬で淀川と分かれて西へ蛇行して流れていたのが長柄川である。明治になって大阪の洪水対策として毛馬から大阪市中を通らず、まっすぐ海へ放水路が掘削された。これが現在の淀川である。このとき旧淀川の水量調節のため毛馬の閘門《こうもん》（水門）が造られた。

昔、淀川から長柄川が分かれ、今、毛馬の閘門のあるあたりが毛馬村だった。蕪村はここで生まれた。母は定かでない。そして晩年、京の市中に隠棲して「春風馬堤曲」を書いた。安永六年（一七七七年）、六十二歳の作である。

それは藪入りの若い女の道行という形を借りた蕪村の望郷の詩であり、幻の母を慕う詩である。淀川上流の京の家にいて下流の故郷毛馬村の春に思いを馳せながら、ぽーっとしながら書いた作品であることを忘れてはならない。ちなみに前年暮れ、一人娘のくのが嫁いでいる。

さっそく「春風馬堤曲」全篇をみてみよう。「春風馬堤曲」は俳句、漢詩、漢詩書き下し風の短詩など取り混ぜた十八の詩句でできている。三つの型式の詩をつないだ歌仙のようでもあり、実験的な詩のようでもある。歌仙の流れを汲む詩篇といえばいいか。若い女の道行に沿って尻とり遊びのように言葉が言葉を追いかけ、言葉と言葉が戯れあいながら進んでゆく。

春風馬堤曲　十八篇

○やぶ入や浪《なにわ》を出て長柄《ながら》川

○春風《はるかぜ》や堤《つつみ》長うして家遠し

○堤下摘芳草　荊与蕀塞路

荊蕀何無情　裂裙且傷股

○渓流石点々　踏石撮香芹

多謝水上石　教儂不沾裙

○一軒の茶見世の柳老《おい》にけり

○茶店《ちゃみせ》の老婆《ろうば》子《す》儂《われ》を見て慇懃《いんぎん》に

無恙《ぶりょう》を賀《が》し且儂《かつわ》が春衣《しゅんい》を美《ほ》ム

○店中有二客　能解江南語

酒銭擲三緡　迎我譲榻去

○古駅三両家猫児妻《こえきさんりょうけびょうじつま》を呼《よぶ》妻来《きた》らず

○呼雛籬外鶏　籬外草満地

雛飛欲越籬　籬高堕三四

○春艸路三叉《しゅんそうみちさんさ》中に捷径《しょうけい》あり我《われ》を迎ふ

○たんぽゝ花咲《さけ》り三々五々五々は黄に
三々は白し記得《きとく》す去年《こぞ》此路《このみち》よりす
○憐《あわれ》ミとる蒲公《たんぽぽ》茎短して乳《ちち》を浥《あませり》
○むかし〳〵しきりにおもふ慈母の恩
慈母の懐袍《かいほう》別に春あり
○春あり成長して浪花《なにわ》にあり
梅は白し浪花橋《なにわきょう》 辺財主の家
春情まなび得たり浪花風流《なにわぶり》
○郷《きょう》を辞し弟《てい》に負《そむ》く身《み》三春《さんしゅん》
本《もと》をわすれ末を取接木《とるつぎき》の梅
○故郷春深し行ゝ《ゆきゆき》て又行々《ゆきゆく》
楊柳《ようりゅう》 長堤道漸くくだれり
○矯首《きょうしゅ》はじめて見る故園の家黄昏《こうこん》
戸に倚《よ》る白髪の人 弟《おとうと》を抱《いだ》き我を
待《まつ》春又春
○君不見《みずや》古人太祇《たいぎ》が句
藪入《やぶいり》の寝るやひとりの親の側《そば》

2

辻原の「春風馬堤曲」評釈のどこが斬新なのか。一句一句みてゆくことにしたい。まず「春風馬堤曲」の前口上から。この部分は漢文で書かれているが、一文ごとに書き下し文を付ける。

春風馬堤曲　　謝蕪邨

余一日問耆老於故園。　余、一日《いちじつ》、耆《き》老《ろう》を故園に問ふ。
渡澱水過馬堤。　澱水《でんすい》を渡り、馬堤を過ぐ。
偶逢女帰省郷者。　偶《たまたま》 女《おんな》の郷に帰省する者《もの》に逢ふ。
先後行数里。　先後して行くこと数里、
相顧語。　相顧《あいかえり》みて語る。
容姿嬋娟。　容姿嬋娟《せんけん》として
癡情可憐。　癡情憐《あわれ》むべし。
因製歌曲十八首。　因《よ》りて歌曲十八首を製し、
代女述意。　女《おんな》に代はりて意を述ぶ。

題曰春風馬堤曲。

題して春風馬堤曲と曰《い》ふ。

私はある日、一人の老人を故郷に訪ねた。淀川を渡って毛馬堤を行くと、たまたま故郷へ帰る一人の女に出会った。先になり後になりしばらく行くうち、互いに振り返って話すようになった。顔も姿もしおらしくて、ぽーっとするほど色っぽい。そこで女の身に成り代わって十八篇の詩を作り、女の思いを述べることにした。題して「春風馬堤曲」という。ここで蕪村みずから明かしているとおり、「春風馬堤曲」は蕪村による女の代作である。

では辻原の評釈のどこが斬新なのか。それは二点ある。そのうち第一の点について、はじめに書いておきたい。「春風馬堤曲」の従来の評釈はそろって、この女を「大坂の商家に奉公に出ている女」としてきた。つまり素人の娘である。ところが辻原の評釈は「娘（女）は花街にいるのである」という。つまり玄人の女である。

この辻原評釈の鮮やかさは、素人の娘でなく玄人の女とすることによって、従来の評釈ではいずれももやもやと燻っていた謎、この女は素人の娘なのになぜこんなに色っぽいのかという根本的な謎がきれいに解けてしまうという点にある。

十八篇を辻原評釈に沿ってみてゆこう。一篇ごとにつけられた○印の代わりに番号をつけることにする。なお訳は私の訳である。

①やぶ入や浪《なにわ》を出て長柄川《ながらがわ》

藪入りは当時の奉公人の正月とお盆と年二度のお里帰り。鶯《うぐいす》が人里から藪に帰るのになぞらえてそういう。ここは正月明けの藪入りである。浪花《なにわ》の街を出て旧淀川に沿ってゆくと、旧淀川から長柄川が分かれる分岐点の毛馬にたどり着く。ここが蕪村の故郷であることはすでに述べた。

②春風《はるかぜ》や堤《つつみ》長うして家遠し

③堤下摘芳草　　堤より下りて芳草を摘めば
荊与蕀塞路　　荊《けい》と蕀《きょく》と路《みち》を塞《ふさ》ぐ
荊蕀何無情　　荊蕀何ぞ無情なる
裂裙且傷股　　裙《くん》を裂《さ》き且《か》つ股《こ》を傷つく

荊蕀は茨。蕪村が望郷を句にするとき、「花茨故郷の道に似たる哉」のようにしばしば登場する植物である。後半、茨よ、なんていじわるなの。裾を裂き、股を引っかいて傷ができたじゃないか。

④渓流石点々　　渓流石《いし》点々
踏石撮香芹　　石を踏んで香芹《こうきん》を撮《と》る
多謝水上石　　多謝す水上の石
教儂不沾裙　　儂《われ》をして裙《くん》を沾《ぬ》らさざらしむ

後半、ああ助かった、水面に石があって。おかげでアタシ、裾が濡れないですむよ。

3

⑤一軒の茶見世の柳老《おい》にけり

ここから茶店の場面に入る。三年前（⑮）、大坂へゆくときも、この茶店に立ち寄ったんだった。

⑥茶店《ちやみせ》の老婆子《ろうばす》儂《われ》を見て慇懃《いんぎん》に
無恙《ぶりよう》を賀《が》し且《かつ》儂《わ》が春衣《しゆんい》を美《ほ》ム

茶店のおばあちゃん、アタシを見るなり、ていねいに「お元気そうで何より」と喜んでくれて

「すっかりきれいになりはって」とアタシの正月の晴れ着（春着）をほめてくれた。なお⑤の「一軒の茶見世の柳」から⑪の「三々五々五々」まで数字に注意。滞りながらも一つずつ増えてゆく。それにつれて前へ場面が進展してゆく。

⑦店中有二客　　　店中二客有り
能解江南語　　　能《よ》く解す江南《こうなん》の語
酒銭擲三緡　　　酒銭三緡《さんびん》を擲《なげう》ち
迎我譲榻去　　　我を迎へ榻《とう》を譲つて去る

茶店に二人の先客がいると思ったら廓言葉に通じたお人で酒代三百文をさっと払うと、「さあさあ、姐さん、ここへ」とわたしに床几《しょうぎ》を譲って出て行った。

「江南」は本来、中国の揚子江下流南岸地方をさす。黄河流域の「中原」と並ぶ中国文明の中心地。蘇州、無錫、嘉興などの都市がある。ただここでは旧淀川下流の南側、その中でも花街のあった「島之内」のこと。堀川と呼ばれる四本の運河（東横堀川、西横堀川、長堀川、道頓堀川）で区切られた長方形の区域で現在の「ミナミ」である。その南端に宗右衛門町などの花街があった。「江南語」はそこで使われる廓言葉。

⑧古《こ》駅《えき》三《さん》両《りょう》家《け》猫《びょう》児《じ》妻《つま》を呼《よぶ》妻来《きた》らず

茶店を出てさらに行くと、古い川港に家が二、三軒。猫の亭主が猫の女房をしきりに誘っても猫の女房ったら見向きもしない。

⑨呼雛籬外鶏　　雛《ひな》を呼ぶ籬《り》外《がい》の鶏《とり》
籬外草満地　　籬外の草《くさ》地に満つ
雛飛欲越籬　　雛飛びて籬《かき》を越えんと欲す
籬高堕三四　　籬高うして堕《お》つること三四

あら、こっちじゃ鶏が垣根の外からヒヨコを呼んでいる。垣根の外は草が青々と茂ってるよって。ヒヨコは垣根を飛び越えたいのに垣根が高うて三度、四度と落ちてばかり。

4

⑩春《しゅん》艸《そう》路《みち》三《さん》叉《さ》中に捷《しょう》径《けい》あり我《われ》を迎ふ

いよいよここから母の待つ故郷の家が近づいてくる。春の若草のなか、道が三つに分かれていて、その一つが家へのあの近道、わたしを迎えてくれてるようじゃないの。

⑪たんぽゝ花咲《さけ》り三々五々五々は黄に
三々は白し記得《きとく》す去年《こぞ》此路《このみち》よりす

おや、あの日みたいにタンポポが咲いてるじゃないか、三々五々と。黄色いのが多いけど白いのもある。何年か前、この近道を通って大坂へいったこと、よく覚えてるよ。「去年」は何年か前。タンポポの「白」は⑫の「乳」への誘い水。

⑫憐《あわれ》ミとる蒲公《たんぽぽ》茎短して乳《ちち》を浥《あませり》

ぼんやり昔を思い出してタンポポを摘んだら短い茎から白いお乳があふれた。このタンポポの「乳」が⑬の「慈母」を誘い、女は母の思い出に浸る。

⑬むかし〱しきりにおもふ慈母の恩
慈母の懐袍《かいほう》別に春あり

昔々の優しい母さんの恩がこの身を責めるように胸に迫ってくる。母さんの懐には別天地の春があったのに。

⑭春あり成長して浪花《なにわ》にあり
　梅は白し浪花橋《なにわきょう》　辺財主の家
　春情まなび得たり浪花風流《なにわぶり》

そう、母さんの懐には別天地の春があった。その懐で乙女になって今じゃ浪花（大坂）にいるよ。花の浪花の八百八橋、大店や屋敷が建ち並び、庭の梅もいま真白。色恋の味も一とおりはおぼえたし、今じゃ浪花の粋がすっかり身についたというもの。

従来の評釈は「浪花橋辺財主の家」を娘が堅気奉公する難波橋の近くの金持ちの家と解釈する。辻原評釈では「洛中洛外図屏風」風の商いの都、浪花の遠望である。

⑮郷《きょう》を辞し弟《てい》に負《そむ》く身《み》三春《さんしゅん》
　本《もと》をわすれ末を取接木《とるつぎき》の梅

そういったって故郷を捨て、弟を置き去りにしてから、もう三年もたつ。親木を忘れた接ぎ木の梅の花ざかりってとこかしら。ここは自虐に近い。

⑯故郷春深し行ゝ《ゆきゆき》て又行々《ゆきゆく》
楊柳《ようりゅう》 長堤道漸くくだれり

故郷が近づくにつれ、春も深まってゆく。その深まる春の奥へ奥へと進んでゆくと、緑の柳のけむる堤をそれて道は下ってゆく。

辻原評釈には「ここには何か別の世界へ踏み込んでゆく気配がある」とある。つづけて「娘と蕪村は、この「行々て又行々」の中で合体して、一つになる」とある。

さて次の⑰が辻原評釈の斬新な、もう一つの山場である。

⑰矯首《きょうしゅ》はじめて見る故園の家黄昏《こうこん》
戸に倚《よ》る白髪《はくはつ》の人 弟《おとうと》を抱《いだ》き我を

待《ま》つ春又春

若い女と合体した蕪村が堤の道を下りながら顔をあげると、故郷の家がやっと見えた。懐かしいその家は夕映えの光に包まれている。戸口にもたれている白髪の人、あれは母さんだわ。今も弟を抱いてわたしを待っていてくれる。この春も次の春も……。

辻原評釈「母は白髪になっている。にもかかわらず弟は赤ん坊のままである」、「蕪村の母は死して既に五十年の歳月が流れている。母に抱かれている弟は、幼児の蕪村自身である」。

衝撃的な大団円である。蕪村は若い女とすでに一体となっているから「故園の家」は女の家であり蕪村の家でもある。「白髪の人」は女の母であり、蕪村の母でもある。そして「弟」もまた女の弟だが、幼い蕪村自身であるというのだ。

女の身に即していえば、白髪となった母が幼い弟を抱いて娘を待っていたということだが、蕪村に即していえば、五十年も前に死んだ白髪の母が赤ん坊の蕪村を抱いて年老いた蕪村を待っていたことになる。

ここまでくれば、若い女はじつは蕪村の若い母とみることもできるだろう。それは「白髪の人」の昔の姿でもある。蕪村は若い母とともに故郷への道をたどってきた。そして白髪の母と赤ん坊の自分に出会う。時間軸がねじれている。宇宙の彼方のどこかで過去と未来が共存しているようなものだろう。過去が未来であり、未来は過去である。

⑱君不見古人太祇《みずやたいぎ》が句
藪入《やぶいり》の寝《ぬ》るやひとりの親の側《そば》

「春風馬堤曲」はすでに亡き友、太祇（一七〇九—七一）の一句でしめくくられる。太祇は京、島原の遊郭に不夜庵を結び、遊女たちに読み書きや俳句を教えたという傑物。蕪村が「春風馬堤曲」を書く六年前、死去した。

この⑱では若い女はすでに消えて蕪村の独白である。句の「ひとりの親」は片親（父でも母でもいいが、ここでは母）のことだが、「春風馬堤曲」の最後に置くと、「ひとり」がしんと響く。若い女の母、蕪村の若い母、蕪村の老いたる母、いくつかの幻が一夜の夢のように消え去って、いいかえれば、いくつもの幻が合わさって「ひとりの親」となる。そんな静けさがこの「ひとり」にはある。

辻原評釈には「故郷を出る、故郷を捨てるとは「我」を二身に分けることである。そして、いつの日か、この世でかあの世でかは別にして、故郷に帰還して一つになる」とある。

近代に通じる郷愁の文学がここにある。

6

近代の大衆化は住み慣れた農村を離れて都市に向かう数多くの離郷者（故郷喪失者）を生み出した。彼らを新たな労働力として近代の工業化が進む。それを文学から眺めれば、近代は都市に移住した故郷喪失者による望郷の歌であふれることになる。

この観点からみれば、日本の近代、少なくとも俳句の近代は一茶（一七六三―一八二八）の時代より半世紀早く十八世紀半ばの蕪村（一七一六―八四）にはじまっていたと考えることもできる。この見方のさきがけとなったのは萩原朔太郎（一八八六―一九四二）の『郷愁の詩人　与謝蕪村』（一九三六年、昭和十一年）だろう。朔太郎はこの本のなかで蕪村の次のような句や「春風馬堤曲」をとりあげて、そこに「近代の郷愁」を嗅ぎつけたのだった。

遅き日のつもりて遠き昔かな　　蕪村
春の暮家路に遠き人ばかり
春雨や暮れなんとして今日も有
愁ひつつ丘に登れば花茨
花茨故郷の道に似たる哉
凧《いかのぼり》きのふの空の有りどころ

しかしながら朔太郎が蕪村にみた郷愁は古代からいつの時代の日本の詩歌にも脈々と流れているものである。蕪村にみられる郷愁を近代的とするには、その時代の様相がすでに近代であったか、数多の故郷喪失者を生み出していたかをみなければならない。

蕪村の時代、たしかに時代は近代へ向かいつつあったが、そこまで俳句の大衆化は進んでいなかった。その生い立ちから想像できるように蕪村一人が故郷喪失者だったのである。蕪村の俳句に郷愁を読みとることができても、それを「近代の郷愁」というわけにはゆかないだろう。

朔太郎より先、正岡子規はみずから提唱した近代大衆俳句の方法、写生の先駆者として蕪村を称揚した。たとえば次のような句である。

春の海ひねもすのたり〳〵哉　蕪村
菜の花や月は東に日は西に
牡丹散て打かさなりぬ二三片
さみだれや大河を前に家二軒
不二ひとつうづみ残してわかばかな
葱《ねぶか》買《こう》て枯木の中を帰りけり

たしかに絵画のように印象鮮明な句が並んでいるが、どの民族の言葉も発生当初から世界を描く機能を備えていた。蕪村の本業は画家だったから、人一倍、言葉の描く力が発揮された。しかし印象鮮明な句以上に朦朧たる句を山のように作っているのである。蕪村を子規のように単純に「写生の先駆者」とみるわけにはゆかないだろう。子規は自分が見たいものを蕪村に見ていたのではないか。

何より重要なのは、蕪村の俳句の大半は芭蕉同様、古典を踏まえた句であることである。古典を踏まえて詠まれ、古典の知識がなければ読めない。「春風馬堤曲」にしても漢詩、漢文が読めなければ、歯が立たないではないか。蕪村の時代の俳句の読者が古典の素養をもつ知識階級の人々だったからである。蕪村の時代、一茶の時代のような俳句大衆はまだ出現していなかった。それを近代と呼ぶわけにはゆかない。

蕪村は一茶より芭蕉に近い。蕪村はまだ近代俳人ではなく、古典主義俳句の最後の人であった。

7

芭蕉から蕪村へと受け継がれた古典主義俳句は蕪村以後、どうなったのか。ただちに消滅したわけではなかった。徐々に進行する俳句の大衆化に気づかず、芭蕉を神格化しながら命脈を保つことになる。明治になって子規が「月並俳句」と呼んで排斥しようとしたのはこの似非古典主義俳句だった。

芭蕉没後、五十回忌（一七四三年）から蕉風復興運動が湧き起こる。幕末までつづくことになるこの運動は、徐々に進行する大衆化にともなって低俗化する俳句を批判する一方、芭蕉への復帰を目指した。いわば江戸時代の俳句原理主義である。自分が信じる正統を守り、異端を排するその兆候は芭蕉の高弟であり、しばしば高潔の士と評される去来の著作『去来抄』『俳諧問答』にすでに芽生えている。

蕉風復興運動は芭蕉を理想と仰ぐことによって芭蕉の偶像化をもたらし、やがて俳句の大衆社会への対応を遅らせる結果になる。しかし不毛の運動だったのではない。むしろ豊穣の運動であった。蕉風復興運動が全国的に醸し出した俳句熱は革新的な俳人と名句を生み出した。蕪村も一茶もその一人だった。

蕪村以降の主な俳人の句を並べてみる。ある人は蕉風復興運動の推進者であり、ある人はその恩恵の享受者である。


【蕪村の前後】

くさめして見失ふたる雲雀哉　　也有
山吹や葉に花に葉に花に葉に　　太祇

夏痩のわがほねさぐる寝覚かな　蓼太
傘のにほふてもどるあつさかな　涼袋
抱下《だきおろ》す君が軽《かろ》みや月見船　嘯山
椿落て一僧笑ひ過行ぬ　麦水
枯蘆《かれあし》の日に〳〵折れて流れけり　闌更
暁や鯨の吼《ほ》ゆるしもの海　暁台
山寺や誰もまゐらぬねはん像　樗良
憂《うき》ことを海月に語る海鼠哉　召波
海は帆に埋れて春の夕べかな　大魯
やはらかに人分け行や勝角力《かちずもう》　几董

【一茶の前後】

ゆふがほに足さはりけりすゞみ床《どこ》　蝶夢
さうぶ湯やさうぶ寄りくる乳《ち》のあたり　白雄
春の夜や心の隅に恋つくる　五明
秋来《き》ぬと目にさや豆のふとり哉　大江丸

たう〳〵と滝の落こむ茂り哉　士朗
のちの月葡萄に核《さね》のくもりかな　成美
ゆさ〳〵と桜もてくる月夜哉　道彦
きら〳〵としてなくなりぬ朝鴴《あさちどり》　月居
山門を出れば日本ぞ茶摘うた　菊舍
いつ暮て水田《みずた》のうへの春の月　蒼虬
元日や人の妻子の美しき　梅室

一人一句ではその人のすべてを知るのはむずかしいが、一句にその人がすべて表れるのも俳句の宿命である。こうしてみると、古典主義の情緒は一貫しているものの、芭蕉の時代に比べると、感覚の冴えを競い合うかのような、こまやかな詠みぶりになっている。いいかえれば俳句の骨格がずいぶん細くなっているのがわかるだろう。この中に一茶の句を据えれば、いかに突出するか想像してみればよい。

後半の「一茶の前後」は大衆化の進む俳句の近代を生きた俳人たちの句である。いいかえれば、彼らは一茶と同じ近代を生きながら一茶になれなかった人々である。なぜ彼らは一茶になれなかったかと問うてみなければならない。その理由は彼らが依然として古典主義の幻影の中で生きていたからである。

第九章　近代大衆俳句を超えて

1

保田與重郎も三島由紀夫も大衆化ではなく西洋化を近代の指標と誤解したために、近代をどう超えるか、大衆化にどう対処するかという問題と出会わなかった。その結果、この問題は手つかずのまま現代に持ち越されてしまった。どの分野でも火急の課題は戦後の高度成長を機に新たな次元に入った大衆化にどう立ち向かうかである。俳句も例外ではない。

大衆化が極限にまで進み、内部から崩壊しつつある現代俳句について考えるために時間を少し遡らなくてはならない。明治時代、正岡子規は「写生」を提唱した。子規の写生は一茶の時代にはじまった近代大衆俳句の方法だったが、言葉の想像力を視野に入れないという重大な欠陥を抱えていた。ところが子規は写生の欠陥が露呈する前に短い生涯を終える。写生の抱える問題に直面することになったのは子規の後継者を名乗った高浜虚子である。

子規の死後、虚子は子規の写生をさらに先に進めて「客観写生」を唱えた。それは客観写生という言葉のとおり主観を排し、客観に徹して対象を描けということである。虚子の客観写生は、目の前にあるものを言葉で写せば誰でも俳句ができるという子規の写生をさらに先鋭にしたものだった。それは子規の写生に客観を加え、いいかえると主観を排することを俳句大衆に説いていた。しかしこれが言葉における想像力の働きを無視するという、写生がもともと孕んでいた欠陥をさらに際立たせることになった。

俳句にかぎらず、そもそも主観を排除して言葉を客観的に用いるということが可能かどうか、そこから考えなければならない。紀貫之が『古今集』仮名序で宣言しているとおり、言葉は「人の心を種として」つまり人の心から生まれるものである。その人の心とは主観も客観もない状態の心、主観と客観が分かれる以前の心である。言葉を純粋に客観的に、あるいは逆に純粋に主観的に使うことなどできないのではないか。

主観、客観は明治以降、さかんに使われるようになった言葉の一つだが、こうした言葉の常として世界を不要に分断し無用の対立を作り出す厄介な言葉である。主観といえば、それに対立する客観が立ち上がる。逆に客観といえば主観が立ち上がる。しかし主観にも客観にも実体はない。主観や客観が存在すると思うのは言葉の生み出す幻覚にすぎない。

主観と客観がこうした弊害をもっていることを承知の上で使うなら実害は少ないかもしれない。しかし客観という実体、主観という実体が存在すると思いこんで客観写生に邁進すれば、いいかえると俳句から主観を排除しようとすれば、（果たしてそんなことができるとしての話だが）それは言葉の自殺行為にほかならない。

じっさい虚子が客観写生を唱えはじめると、主宰していた雑誌「ホトトギス」の雑詠欄（投句欄）は全国から寄せられるガラクタ俳句で埋まった。ガラクタ俳句とは客観写生に従って主観を排除しようとし、客観に徹して詠もうとした結果、想像力が働かず、対象の形態だけを写したガラクタのような俳句のことである。

驚いた虚子はすぐ新たに「花鳥諷詠《かちょうふうえい》」を唱えて客観写生を修正しようとする。花鳥諷詠とは花や鳥に心を遊ばせて俳句を楽しむということであり、芭蕉の「風雅」を虚子風に言い換えたものである。いいかえれば言葉の想像力を虚子流に回復しようとしたのだった。花鳥に心を遊ばせよとは想像力をもっと働かせよ、簡単にいえば、ぽーっとせよ、心を遊ばせよという遊心の勧めにほかならなかった。虚子はここで子規を離れて柿本人麻呂、紀貫之以来の詩歌の本道に帰ろうとしていたのである。

花鳥諷詠は客観写生と根本的に対立する。それは虚子もわかっていたはずである。ではなぜ虚子は花鳥諷詠を提唱したとき、客観写生を取り下げなかったのか。それは写生という文字を含む客観写生こそが虚子と「ホトトギス」が子規の直系であることを俳句大衆に知らしめる大看板だったからだろう。このときの虚子は俳句の戦略家である。

一方、虚子が新たに唱えはじめた花鳥諷詠は俳句についての別の誤解を生むことになる。虚子の花鳥諷詠のもとになった芭蕉の風雅は宇宙に起こるすべてを文学の立場から眺めて俳諧（俳句）にするということだった。ところが虚子は諷詠にあえて花鳥を冠して花鳥諷詠としたために、俳句の対象が花鳥の象徴する趣味的な四季の風物だけに限定され、花鳥以外の対象、戦争や災害や時事を詠んではならないという誤解を与えてしまった。虚子の花鳥諷詠は俳句を趣味の世界に閉じこめてしまうことになる。

2

客観写生、花鳥諷詠のほかにも虚子は漢字四文字の熟語を次々に作り出した。これらの四文字熟語は単に虚子の趣味だったのではなく、じつは膨張しつづける俳句大衆を束ねる近代特有の標語だった。

近代大衆社会は指標となる言葉、つまり標語を必要とする。近代大衆社会の指導者は大衆を束ねて動かさなければならないからである。一方、大衆は自分一人で判断したがらない。大衆は自由を求めているようにみえながら、じつは自由を恐れているからである。

明治時代の富国強兵、文明開化、殖産興業、昭和戦争時代の八紘一宇、鬼畜米英、一億玉砕、戦後の所得倍増、安保反対、列島改造など、どれも大衆を束ね、動かすための標語だった。指導者たちはこれらの標語を、同じく近代とともに誕生した新聞、のちにはラジオ、テレビ、インターネットを通じて大衆に繰り返し呼びかけ、指導者が望む方向へ大衆を導こうとする。大衆は嬉々としてそれに従った。客観写生、花鳥諷詠などの虚子の四文字熟語も俳句大衆に対してこれと同じ働きをした。

俳句大衆の指導者という役割がいかに危険か、戦前戦後の虚子の動向をみればわかる。虚子は昭和戦争の最中、昭和十七年（一九四二年）、日本文学報国会の俳句部長となり、敗戦まで戦争遂行に協力した。大衆を戦争遂行に動員したい政府の狙いと俳句大衆指導者としての虚子の立場が一致したのである。

虚子の標語に導かれているかぎり俳句大衆は当然、客観写生の枠内、花鳥諷詠の枠内の俳句しかできない。しかし虚子だけは標語を超える俳句を詠んだ。それはなぜ可能だったのか。

初空や大悪人虚子の頭上に　　高浜虚子
白牡丹といふといへども紅ほのか
神にませばまこと美はし那智の滝
天地の間にほろと時雨かな
去年今年貫く棒の如きもの

虚子はこのように客観写生などどこ吹く風、花鳥諷詠さえも忘れたかのような句を残している。まず確認しておかなければならないのは、この五句のように虚子の句のほとんどは一物仕立て

〈a＝b〉であり、取り合わせ〈a＋b〉がきわめて少ないことである。いいかえれば虚子の句は一句の中に切れがあって、そこに心を遊ばせる体の句ではない。一句の全長で心が遊んでいる、一句そのものがぽーっと心が遊んでいる遊心の句なのだ。ここにあげた句はみなそうだが、たとえば白牡丹の句の「いふといへども」は虚子のぽーっとしているところが形となって現れたものだろう。

虚子はなぜこのような句を次々に詠むことができたのか。それは虚子が俳句を詠むとき、自分が唱えた客観写生、花鳥諷詠という標語に束縛されることなく、想像力を自由に働かせて、いいかえれば心を自在に遊ばせて句を詠んだからである。魔法使いの魔法にかからないのは魔法使いだけということだ。ここに俳句大衆の指導者の虚子とは別の俳人の虚子がいた。

昭和に入ると、客観写生、花鳥諷詠を唱える虚子に対する批判がホトトギスの内外から次々に起こる。しかし批判者たちが共通して犯した誤りは大衆指導者としての虚子を虚子と見誤ったこと、俳人の虚子が大衆指導者の虚子とは別にいることに気づかなかったことである。

虚子の高弟の一人、水原秋桜子（一八九二―一九八一）は昭和六年（一九三一）、「『自然の真』と『文芸上の真』」という文章を発表して虚子を批判し、ホトトギスを離脱した。その中で秋桜子は虚子の客観写生を自然の模倣であるとし、主観が重要であると主張した。

秋桜子は客観、主観という虚子が作り出した土俵に知らないうちに引きずり出されていただけでなく、俳句大衆指導者としての虚子のかなたにたたずむ俳人虚子が見えていなかった。虚子にすれば、主観が重要という秋桜子の主張など秋桜子以上に身に染みてわかっていたはずである。秋桜子の虚子批判が虚子後の俳句の新たな出発であったのなら、じつに惨憺《さんたん》たる船出だったといわなくてはならない。

3

虚子の真の批判者となり、同時に虚子の真の後継者となったのは加藤楸邨（一九〇五—九三）、次いで飯田龍太（一九二〇—二〇〇七）の二人である。どちらも秋桜子のように浅はかに虚子を攻撃することはしなかったが、虚子のような俳句大衆の指導者になろうともせず、作家としての俳人に徹した。その生き方自体が虚子に対する無言の批判だったのである。そして二人とも言葉の想像力を自在に遊ばせて俳句を詠んだところが共通している。それは虚子の俳句の詠み方でもあった。

加藤楸邨の句から。

鰯雲人に告ぐべきことならず　加藤楸邨
落葉松はいつめざめても雪降りをり
日本語をはなれし蝶のハヒフヘホ

霧にひらいてもののはじめの穴ひとつ
おぼろ夜のかたまりとしてものおもふ

楸邨の句は心に浮かぶ思いを一つ一つ言葉に変えてゆく。子規の写生、虚子の客観写生のいずれともかかわりがない。言葉の発生したときから言葉に備わる描写の力を心に湧く思いを描くために使っているだけである。心がぽーっとして遊んでいる句である。「おぼろ夜」の句は典型だろう。

大事なのは楸邨が意図してそうしたのではなく、楸邨は生来そういう資質の人であり、楸邨の言葉はそういう資質の言葉であったということだろう。だからこそ本物なのである。

楸邨は秋桜子の門弟だったが、秋桜子と違って心の深い闇の中から言葉を生み出していた。次の句はその消息をよく伝えている。

黴の中言葉となればもう古し　　加藤楸邨

楸邨の言葉は心の奥から湧き上がってくる。しかし思いが人間の言葉となったとたん、色褪せてしまう。つねに生き生きとしているのは言葉になる以前の心の奥の思いなのだ。ここで楸邨は言葉に対する失望と言葉以前の思いについて語っている。それは禅の思想家が探求し、芭蕉を先導し、ランボーを目眩させ、谷川俊太郎や大岡信の詩の底を流れているものと同じものだろう。楸邨は詩歌の本道に立っていた。

これまで楸邨は「人間探求派」（山本健吉の命名）というレッテルが貼られ、その先入観のもとで論じられてきたが、楸邨の全容は人間探求派という枠を豊かにあふれてしまう。客観写生、花鳥諷詠と同じく人間探求派もまた近代大衆俳句が作り上げた標語である。そして所詮、標語でしかない。これからの俳句の批評はこうした近代大衆俳句の用語の役割と限界を明らかにするところから出発しなければならないだろう。

4

雪山のどこも動かず花にほふ　　飯田龍太
どの子にも涼しく風の吹く日かな
一月の川一月の谷の中
白梅のあと紅梅の深空あり
白雲のうしろはるけき小春かな

飯田龍太の句もまた言葉の想像力の賜物である。

一句ずつみてゆけば、どれも目で見たものを言葉で写したという程度の句ではない。雪の山、子ども、谷川、紅白梅、白い雲。心が対象に触れてぽーっとなり、天地の間に遊んでいる。もしそうでなければ、生まれようのない句ばかりなのだ。次の句からはそれが鮮明にみてとれる。

呆然としてさはやかに夏の富士　　飯田龍太

この句の「呆然としてさはやかに」は龍太の放心がそのまま言葉となったものだろう。龍太の句の源流にはたしかに父、飯田蛇笏がいる。

をりとりてはらりとおもきすゝきかな　　飯田蛇笏
春蘭の花とりすつる雲の中
くろがねの秋の風鈴鳴りにけり
炎天を槍のごとくに涼気すぐ
春めきてものの果てなる空の色

一本の芒を折りとったときの「はらり」というふわりと宙に浮くような感覚。蛇笏はそのとき、ぽーっとしたのである。「秋の風鈴鳴りにけり」の「けり」はただ秋の風鈴が鳴ったというのではなく「ふと気がついてみれば……だった」という意味である。夏が去ったのに風鈴が鳴った、その音が忘却のかなたから聞こえてきたのである。秋の風鈴の音を聞いて蛇笏はやはりぽーっとなったのだ。ほかの三句はいうまでもないだろう。

芒の句も秋の風鈴の句もこれまで写生の句ととらえられてきた。しかしそれは明治以降の俳句の本流だった写生という方法と折り合いをつけ、その枠の中に位置づけようとするからである。たしかに蛇笏は虚子の門弟だった。しかし蛇笏が虚子から学んだのは虚子が俳句大衆を指導するために唱えた客観写生ではない。俳句大衆指導者の虚子の向こうにいた俳人虚子の俳句だった。この虚子、蛇笏とつづく詩歌の本道が龍太にも受け継がれた。

龍太はある本(『自選自解　飯田龍太句集』一九六八年刊)の中で「写生は、感じたものを見たものにする表現の一方法」と書いている。ささやかな一文である。しかし「感じたものを見たものにする」とは、子規や虚子が唱えた「見たものを俳句にする」写生という近代大衆俳句の方法を、人間の心に映る世界を詠むという詩歌の本道へ鮮やかに転換している。子規や虚子と同じ写生という言葉を使いながら換骨奪胎しているのである。いわば軽々とやってのけた力技《ちからわざ》といわなければならない。

しかも、その写生は俳句にとって「表現の一方法」でしかない。いいかえれば、写生のほかにも「感じたものを見たものにする」方法はいくつもあるということだろう。

加藤楸邨、そして飯田龍太。この二人にいたって俳句はふたたび言葉の想像力という古代以来の詩歌の大道に立ち返ったことになる。しかし、この二人は虚子と違って俳句大衆の指導者にならなかった。終生、俳人楸邨であり、俳人龍太であろうとした。

では虚子が担っていた俳句大衆の指導者としての役割は虚子の死後どうなったのか。

5

昭和戦争での敗戦が日本と日本人を変えてしまったと誰でも思っているが、じつはそうではない。古い日本と日本人をその内部から破壊し、新しい日本と日本人を出現させたのは敗戦から十年後、昭和三十年代にはじまった高度成長だった。日本と日本人は敗戦という外部の力によって変えられたのではなく、日本人自身が推進した高度成長によってみずから変わったのである。敗戦はその遠因にすぎなかった。

俳句もその例外ではない。高度成長時代（一九五四—七三）に入ると、近代大衆俳句は飽和状態に達し、内部から崩壊がはじまる。俳句の変化の明らかな兆候はこの時代、俳句の選とそれを支える批評が衰退したことである。

近代大衆俳句は江戸時代半ばの一茶の時代にはじまり、それ以来一貫して俳句人口は増えつづけてきた。これが現代までつづく俳句の大衆化現象である。ところが戦後の高度成長時代に入ると、俳句を作るだけでなく誰もが批評めいた発言をするようになり、誰もが選句をするようになった。その結果、どれがよい句でどれがダメな句なのかわからなくなってしまった。

この変化の背景にあったのは半世紀にわたって俳句の世界に君臨してきた虚子の死である。虚子は優れた俳人であったばかりでなく、批評と選句の能力を備えた俳句大衆の指導者だった。その虚子が偶然にも高度成長時代の初期、昭和三十四年（一九五九年）八十五歳で亡くなる。虚子の死によって俳句は大俳人と同時に俳句の批評家であり選者である存在を失ったことになるだろう。

どの句を評価し、どの句を評価しないか、どの句を選び、どの句を捨てるか。俳句の批評と選句は俳句大衆の道標である。それは単にどの俳句が好きか嫌いかというその人の好みの問題ではなく、言葉と詩歌の歴史を俯瞰しながら行われるべきものである。

ところが虚子が没すると、俳句の世界では多数の結社が生まれ、細分化が進んだ。その結果、誰もが批評まがいの発言をし、選句まがいの選句をするようになった。こうなると俳句の批評と選句の信頼性は失墜し、俳句大衆は誰の批評を信じ、誰の選句を信じていいかわからない。

信頼できる批評と選句。高度成長時代、これが衰退する代わりに幅を利かせはじめたのが人気である。俳句と俳人の人気を測る方法はいくつかあって、一つは本の売れ行き、もう一つはマスコミへの露出度、極めつけはアンケート調査である。

どの俳人に期待するか、どの俳句が印象に残ったか、俳句雑誌が当然のように実施するアンケート調査とは、要するに俳人と俳句の人気投票である。人気という数を批評と選句の代わりにしようというのである。アンケート調査ほど俳句の批評と選句の衰退を象徴的に表わしている現象はない。

こうして一茶の時代から膨張しつづけてきた近代大衆俳句は戦後の高度成長時代に至って、批評と選句という俳句の道標を失い、いよいよ混迷を深めることになった。虚子亡きあと、迷える俳句大衆を三つの俳句協会（現代俳句協会、俳人協会、日本伝統俳句協会）が組織の力だけでどうにか束ねようとしているというのが現状ではなかろうか。

6

極端な大衆化がもたらした批評の衰退。これは俳句の世界だけの問題ではない。大衆社会全体が直面している現在進行形の問題である。

政治の大衆化の発端は十八世紀後半の二つの近代市民革命、アメリカ独立戦争（一七七五―八三）とフランス革命（一七八九―九九）だった。それによって政治体制は王政から近代民主制に移行した。いいかえれば政治の担い手が国王と一部の特権階級から新興の有産市民階級（ブルジョアジー）に拡大した。これが政治の大衆化＝近代化のはじまりだった。

その後、参政権は納税額などの財産による制限がしだいに緩められ、有権者は拡大しつづけた。

二十世紀に入ると男女平等の完全普通選挙が世界各国で次々に実現する。日本は敗戦直後、昭和二十年（一九四五年）から完全普通選挙になった。

参政権の拡大の背景にあったのは、政治の責任（いいかえればツケ、具体的には税金と兵役）を負わされる者が政治の決定に参加すべきであるという考え方である。近代市民革命からつづくこの考え方はもちろん誤りではない。しかし完全普通選挙がじっさいにもたらしたのは政治に関心も見識もない膨大な数の有権者の出現だった。選挙において彼らを動かすのは立候補者や政党の政見ではなく人気である。そうなると立候補者や政党のほうも人気で動く膨大な有権者を標的にせざるをえない。こうして衆愚政治（ポピュリズム）の時代が到来した。

二十一世紀の現在、民主主義の名でまかり通っているのは、近代市民革命が理想とした本来の民主主義ではなく、極端な大衆化によってそれが化けた衆愚政治である。民主主義が政治の大衆化のことであるなら、民主主義は誕生したときから衆愚政治の悪い種子をはらんでいたということだろう。

高度成長時代の批評の衰退を象徴するもう一つの典型的な社会現象はテレビである。日本のテレビ放送は高度成長時代の直前、昭和二十八年（一九五三年）にはじまった。同じ映像媒体である映画は日本では明治時代からあったが、テレビが映画と大きく違うのは批評の不在である。映画では批評が成り立つが、テレビでは批評が成り立たない。映画批評というジャンルは存在するが、テレビ批評というジャンルはどこにもない。

その理由はテレビは映画と違って家庭という日常の中で三十分か一時間、楽しめれば十分だからである。映画のように見終わったあと、あれこれ批評し合うのは時間の無駄。それより次の番組を見るほうがいい。

視聴者に必要なのは批評ではなく番組案内であり、テレビ局側の関心事も批評ではなく視聴率である。視聴率が高ければ、スポンサーにとっても制作者にとってもいい番組であり、それで十分なのである。その結果、ドラマは安手になり、安手のドラマさえバラエティに駆逐される。そのほうが安上がりで視聴率がとれるからである。

選挙立候補者の人気が政策を霞ませ、視聴率がテレビで幅を利かせ、小説の売れ行きが文芸批評を圧倒する。どれも飽和状態に達した近代大衆社会のありふれた風景である。それと同じ批評不在の光景が俳句でも見られるということだろう。

俳句の近代は一茶の時代、俳句の大衆化とともにはじまった。それから二百年たって大衆化が極度に進んだために俳句は批評を喪失してしまった。この大衆化という問題にどう対処すればいいか。「近代の超克」とは保田與重郎や三島由紀夫が考えたように西洋化を超えるのではなく、この大衆化という問題にどう対処するかということなのだ。

まず必要なのは俳句大衆と一括りにされる大衆の実体を知ることだろう。現代の俳句大衆は次の三つに分かれる。この現実を直視しなければならない。

第一に俳句大衆の圧倒的多数を占めるのは俳句を趣味として楽しんでいる人々である。彼らは批評を求めない。テレビの視聴者と同様、俳句は楽しめれば十分なのだ。最大の関心事は自分の俳句が選ばれるかどうかであり、選ばれるための技術的なアドバイスを求めている。彼らは俳句に数の上での隆盛をもたらしているが、俳句にとって重荷でもある。高齢化の進行を背景にしてこの層の人々は今も増えつづけている。

第二に俳句大衆に俳句を教える人々、テニスでいえばレッスンプロに当たる人々である。彼らは乱立する結社の主宰者であったり、俳句講座の講師であったりする。必ずしも彼らに批評と選句の能力があるわけではない。好き嫌いで俳句の選をし、俳句大衆のために句が選ばれるにはどうしたらいいかアドバイスする。

第三に俳人と呼べる人々である。彼らは俳句を作るだけでなく批評し選句する力を備え、俳句を前へ進めようとする。虚子も楸邨も龍太もこの俳人だった。しかし俳人と呼べる人々はいつの時代も少数である。

そのうえで巷にあふれる俳句の批評と選句を前にしたとき、それが単なる好みによるものか、それとも言葉と詩歌の歴史を踏まえた見識によるものか、いいかえれば誰の批評であり誰の選句かを見極めなければならない。

虚子が去り、楸邨が去り、龍太が去り、大岡信も去ってしまった。この本の最初にふたたび立ち返れば俳句の俳とは批評のことだった。批評を喪失した俳句は果たしてどこへゆこうとしているのだろうか。

あとがき

二〇一七年四月五日、大岡信が亡くなってから慌ただしく流れた数日のうちに、この本の全体の骨組みが見えてきた。何年も書きあぐねて編集者を困らせていたのに、五月に書きはじめてから書き上げるのに三か月しかかからなかった。その点、この本は大岡信の力によってできあがったようなものである。

『俳句の誕生』は言葉と詩歌の発生から、なぜ日本に俳句という短い詩が誕生したのか、江戸時代半ばの近代大衆俳句の出発、そして戦後の高度成長以後の近代大衆俳句の内部崩壊までを扱っている。もし誰かが次の本を書くとすれば、それは『俳句の死』ではなく『俳句の再生』であって欲しい。そのために俳句は再生への道を歩みはじめていなくてはならない。

最後に筑摩書房の喜入冬子さん、編集者の松本佳代子さん、磯知七美さん、装幀家の間村俊一さん、そして大岡信と菅井汲の合作《一時間半の遭遇》をお貸しいただいた大岡かね子さん、川本喜代子さんに感謝したい。

長谷川　櫂

付録

花見舟空に——大岡信を送る

岡野弘彦（乙三）
三浦雅士
長谷川櫂

【初折の表】

二〇一七年四月五日、大岡信永眠。
九日、吉野山にありて

花見舟空に浮べん吉野かな　櫂
　春の底なるわれぞさびしき　雅士
かぎろひに憂ひの瞳けぶらせて　乙三
　鬼の詞《ことば》のひらく深淵　櫂
少年は水辺の月の裏に棲み　雅
　暗き夜明けの霧に笛吹く　乙

【初折の裏】

紅葉のケネディ空港ですれ違ひ　雅
　わかき前髪風になびく娘《こ》　乙
悶々と恋の虜《とりこ》の桃太郎　櫂

学年雑誌の表紙そつくり　雅
柿田川せせらぐ水に抜手切る　乙
涼しき月の照らす病床　櫂
明るくて寂しき人に見舞はれて　雅
海鼠のごとく口とざしゐる　乙
母と子に大岡裁き情けあり　櫂
コラム讃へて春の酒酌む　雅
咲き垂るるみ堀りの花も暮れかかり　乙
蚕の棚に桑ゆたかなり　櫂

【名残の折の表】

三平の女将《おかみ》に贈る歌一首　乙
三《み》人《たり》で競ふ歌仙幾巻　櫂
この世ではテロにミサイル憲法改正　雅
人類ほろぶ日を思ふなり　乙
薔薇咲いていつもの朝と同じ朝　櫂
丘のうなじに恋は垂直　雅
言葉もてさはる森あり湖水あり　櫂
冷えとほる身にもゆるオーロラ　乙
塵ならむ我が瞳に宿る秋の天体　雅
友来れば抜くボルドーの古酒　櫂
ほろほろと胸に沁み入る月の色　乙
いのちをこめて歩む一筋　雅

【名残の折の裏】

富士の山夜ごと夢みるパリに来て　乙
セザンヌの絵を一枚選ぶ　雅
歌ひつつ海の底ゆく電話線　櫂
沖めざしゆくてふてふの群　乙
硝子戸に映る桜花に抱かれて　雅
永眠といふ春のうたたね　櫂

市中の巻

芭蕉
凡兆
去来

【初折の表】

市中は物のにほひや夏の月　凡兆
あつしあつしと門《かど》〳〵《かど》の声　芭蕉
二《に》番《ばん》草《ぐさ》取りも果さず穂に出《いで》て　去来
灰うちたゝくうるめ一枚　兆
此《この》筋《すじ》は銀も見しらず不自由《ふじゆ》さよ　蕉
たゞとひやうしに長き脇指《わきざし》　去

【初折の裏】

草村に蛙《かわず》こはがる夕まぐれ　兆
蕗の芽とりに行燈《あんど》ゆりけす　蕉
道心のおこりは花のつぼむ時　去
能登の七尾の冬は住《すみ》うき　兆
魚《うお》の骨しはぶる迄の老《おい》を見て　蕉
待人入《いれ》し小《こ》御《み》門《かど》の鎰《かぎ》　去

立《たち》かゝり屛風を倒す女子共《おなごども》　兆
湯殿は竹の簀子《すのこ》侘しき　蕉
茴香《ういきょう》の実《み》を吹落す夕嵐　去
僧やゝさむく寺にかへるか　兆
さる引の猿と世を経《ふ》る秋の月　蕉
年《ねん》に一斗《いっと》の地子《ちじ》はかる也　去

【名残の折の表】

五六本生木つけたる瀦《みずたまり》　兆
足袋《たび》ふみよごす黒ぼこの道　蕉
追《おっ》たてゝ早き御馬《おんま》の刀持《かたなもち》　去
でつちが荷《にな》ふ水こぼしたり　兆
戸障子《としょうじ》もむしろがこひの売屋敷《うりやしき》　蕉
てんじやうまもりいつか色づく　去
こそ〳〵と草鞋《わらじ》を作る月夜ざし　兆
蚤をふるひに起《おき》し初秋　蕉

そのまゝにころび落たる升落《ますおとし》　去
ゆがみて蓋のあはぬ半櫃《はんびつ》　兆
草庵に暫く居ては打やぶり　蕉
いのち嬉しき撰集《せんじゅう》のさた　去

【名残の折の裏】

さま〳〵に品かはりたる恋をして　兆
浮世の果《はて》は皆小町《こまち》なり　蕉
なに故ぞ粥すゝるにも涙ぐみ　去
御留守《おるす》となれば廣き板敷《いたじき》　兆
手のひらに虱這《しらみは》する花のかげ　蕉
かすみうごかぬ昼のねむたさ　去

た　行

な・は行

ま　行

や・ら行

索　引

俳号のみで登場する俳人は俳号を見出し語とし、姓を補った。また神話や物語に登場する人物も、言及されているページを示した。

あ 行

か 行

さ 行

長谷川櫂（はせがわ・かい）
一九五四年（昭和二十九年）熊本県に生まれる。朝日俳壇選者。「一億人の俳句入門」サイトにて「ネット投句」「うたたね歌仙」を主宰。「季語と歳時記の会（きごさい）」代表、俳句結社「古志」前主宰。句集『虚空』（花神社）で読売文学賞受賞、『俳句の宇宙』（花神社）でサントリー学芸賞受賞。二〇〇四年より読売新聞朝刊に詩歌コラム「四季」を連載中。本書『俳句の誕生』は『俳句の宇宙』『古池に蛙は飛びこんだか』（花神社）とともに三部作となる。
そのほか句集『唐津』（花神社）、『柏餅』『沖縄』『震災歌集　震災句集』（青磁社）、『「奥の細道」をよむ』『花の歳時記』（ちくま新書）、『文学部で読む日本国憲法』（ちくまプリマー新書）、『日本人の暦』『芭蕉の風雅』（筑摩選書）、『決定版　一億人の俳句入門』（講談社現代新書）、『一億人の季語入門』『一億人の「切れ」入門』（角川学芸出版）、『俳句的生活』（中公新書）などの著書がある。

俳句《はいく》の誕生《たんじょう》
二〇一八年三月一〇日　初版第一刷発行
二〇一九年五月二〇日　初版第四刷発行
著　者　長谷川　櫂
発行者　喜入冬子
発行所　株式会社　筑摩書房
東京都台東区蔵前二―五―三　郵便番号一一一―八七五五
電話番号　〇三―五六八七―二六〇一（代表）
印刷・製本　中央精版印刷株式会社

Printed in Japan　ISBN 978-4-480-82379-3 C0092

◉長谷川櫂の本◉

〈ちくま新書〉
「奥の細道」をよむ

流転してやまない人の世の苦しみ。それをどう受け容れるのか。芭蕉は旅にその答えを見出した。芭蕉が得た大いなる境涯とは——。全行程を追体験しながら読み解く。

〈ちくま新書〉
花の歳時記〈カラー新書〉

花を詠んだ俳句には古今に名句が数多い。その中から選りすぐりの約三百句に美しいカラー写真と流麗な鑑賞文を付し、作句のポイントを解説。散策にも必携の一冊。

〈筑摩選書〉
日本人の暦
今週の歳時記

日本人は三つの暦時間を生きている。本書では、季節感豊かな日本文化固有の時間を歳時記をもとに再構成。四季の移ろいを慈しみ、古来のしきたりを見直す一冊。

〈筑摩選書〉
芭蕉の風雅
あるいは虚と実について

芭蕉の真骨頂は歌仙の捌きにこそある。芭蕉にとって歌仙とは、現実の世界から飛翔し風雅の世界にあそぶことであった。「七部集」を読みなおし、蕉風の核心に迫る。

〈ちくまプリマー新書〉
文学部で読む日本国憲法

憲法を読んでみよう。「法律」としてではなく、私たちがふだん使っている「日本語の文章」として。綴られた言葉は現代を生きる私たちになにを語りかけるだろうか。